Rudolf Kneisel

Sein einziges Gedicht

Original-Lustspiel in drei Acten

Rudolf Kneisel

Sein einziges Gedicht
Original-Lustspiel in drei Acten

ISBN/EAN: 9783743691360

Hergestellt in Europa, USA, Kanada, Australien, Japan

Cover: Foto ©Andreas Hilbeck / pixelio.de

Weitere Bücher finden Sie auf **www.hansebooks.com**

Sein einziges Gedicht.

Original-Lustspiel in drei Acten

von

Rudolf Kneisel.

(Den Bühnen gegenüber Manuskript.)

Die Verfügung über das Aufführungsrecht ist der
Agentur der Genossenschaft dramat. Autoren und Componisten zu Leipzig
übertragen. Das Reproductions- und Uebersetzungsrecht ist vorbehalten.

Leipzig.
Druck von Oswald Mutze.
1878.

Personen.

Haltenweg, Banquier.
Ingeborg, seine Tochter.
Dr. Hahn, Kunstkritiker, Haltenwegs Vetter.
Miranda,
Celia, } Dr. Hahn's Töchter.
Rosalinde,
Horrwitz.
Bronnhagen.
Willstädt.
Heinrich Braun.
Johann, Haltwegs Diener.
Ein anderer Diener.

Ort der Handlung: Haltenweg's Villa und Park, in der Nähe einer großen Residenz.

Rechts und links vom Publikum aus anzunehmen.

Erster Aufzug.

Park an Haltenwegs Villa. In der Mitte der Bühne ein großer Lindenbaum, darunter eine Moosbank. Rechts und links Lauben mit Gartenmöbeln. Der Weg zur Villa ist links von Publikum.

1. Auftritt.

Heinrich.

Heinrich (kommt sich vorsichtig umschauend, von rechts; ruft halblaut:) Ingeborg! Wo bleibt sie? Hm, sie wird noch schlafen; es ist erst neun Uhr und sie hatten gestern Gesellschaft — es sind Gäste aus der Residenz gekommen. — — — Alte, gute Linde! Wie oft noch wirst Du Zeugin meines Glückes sein? Oder ob es jäh und plötzlich enden wird? — Ach Ingeborg, wenn Du wüßtest, daß dieser Park, jenes Schloß einst das Eigenthum meines Großvaters, meiner Mutter war, jetzt mein Eigenthum sein könnte, wenn meinen armen Vater nicht das Unglück verfolgt hätte! — — Doch still, heimathloser Flüchtling, der Du selbst Deinen Namen verbergen mußt — still! Denke nicht mehr der Vergangenheit! Durch eigne Kraft erringe Dir eine neue, glückliche Zukunft. (Er setzt sich unter die Linde und zieht ein kleines brochirtes Buch aus der Tasche. Liest den Titel:) „Sansara und Nirwana." Dramatisches Gedicht. — Wie hübsch das klingt. Ob ich ihr endlich meine Dichtung zeige? Mir fehlt der Muth dazu.

2. Auftritt.

Heinrich. Ingeborg.

Ingeborg (leise von links auftretend, geht zu Heinrich und legt ihre Hand auf seine Schulter:) Heinrich!

Heinrich (aufspringend). Meine Geliebte! Verzeih', ich war in Gedanken.

Ingeborg. Vorsichtig — wir könnten heute überrascht werden. Unsre Verwandten, Doctor Hahn und seine Töchter sind gestern Abend noch angekommen, um einige Tage auf meines Vaters Villa zu verweilen. Die jungen Damen werden wohl zeitig in den Park kommen; auch mein Vater — doch davon nachher. Was ist das für ein Buch?

Heinrich. Mein Drama.

Ingeborg. Ach endlich — gieb!

Heinrich. Ach, Ingeborg, willst Du Dich langweilen? Du weißt, ich habe mein Drama an unser Hoftheater und noch zehn andere Bühnen eingesendet; noch habe ich von keinem dieser Theater, obgleich schon eine geraume Zeit darüber vergangen ist, eine Antwort erhalten. Jetzt habe ich das Stück auf eigne Kosten im Buchhandel erscheinen lassen; aber ich fürchte —

Ingeborg. Aller Anfang ist schwer. Ich will Deine Dichtung lesen, und (lächelnd) werde eine strenge Kritik führen. (Liest.) „Sansara und Nirwana. Dramatisches Gedicht in fünf Aufzügen." — Aber Du hast auch hier Dich nicht als Verfasser genannt? (Setzt sich unter die Linde.)

Heinrich. Nein. Ich will sowohl den Bühnen als der Lesewelt gegenüber noch unerkannt bleiben. Ich bitte Dich, verschweige auch Du meinen Namen gegen Jedermann. (Setzt sich zu ihr.)

Ingeborg. Ei, mein Freund, wie muthlos!

Heinrich. Muthlos? Ja — als Dichter. Käme es darauf an, für Dich einen Kampf zu bestehen, so würdest Du sehen —

Ingeborg. Daß Du ein Held bist? Wohlan, zeige

mir's. Erfülle meinen schon oft ausgesprochenen Wunsch, führe Dich unter irgend einem Vorwande in unser Haus ein, tritt meinem Vater unter die Augen —

Heinrich (erschreckend). Deinem Vater? Aber, Ingeborg, wie kann ich —

Ingeborg. Du scheinst wirklich meinen Papa für einen Bären und unser Haus für eine Bärenhöhle zu halten.

Heinrich (für sich). Ach wenn sie wüßte, daß mein armer Vater dem ihrigen dreißigtausend Mark schuldet!

Ingeborg. Nun? Du schweigst?

Heinrich. Ingeborg, verlange Alles; nur nicht, daß der arme Heinrich Braun jetzt schon vor Deinen Vater, den Millionär, hintreten soll und sagen —

Ingeborg. Und was soll aus uns, aus unsrer Liebe werden?

Heinrich (fährt mit der Hand über die Stirn und seufzt.) Ach!

Ingeborg (herzlich). Sieh' mich an, Heinrich! (Sie faßt seine Hände, sie blicken sich an.) Legten Deine treuen Augen nicht ein unwiderlegliches Zeugniß für Dich ab, ich könnte oft an Dir zweifeln. Warum bist Du in mancher Beziehung so geheimnißvoll?

Heinrich. Geheimnißvoll? Ich bin es nicht. Ich hab' Dir's oft gesagt, Ingeborg, ich bin ein armer Mensch, ohne Heimath, ohne Namen, ohne Geld. Ich habe nichts als meine Hoffnungen, meine Liebe, meine Ehre. Zweifelst Du daran?

Ingeborg. Nein. (Lächelnd.) Doch ich will Dir etwas anvertrauen. Denke Dir, Heinrich, ich habe einen Heirathsantrag erhalten.

Heinrich (erschrocken). Wie?

Ingeborg (sehr ruhig). Eigentlich sind es drei Heirathsanträge.

Heinrich. Drei? Oh!

Ingeborg. Drei reiche Banquiers-Söhne, nämlich die Herren Willstädt, Bronnhagen und Horrwitz haben bei meinem Vater um meine Hand angehalten.

Heinrich (eifersüchtig). Drei reiche Banquiers-Söhne?

Ingeborg. Ich glaube übrigens nicht, daß die Herren mich lieben; sie haben mich kaum noch gesehen. Es handelt sich bei der Sache wohl nur um ein Geschäft.

Heinrich (erregt). Um ein Geschäft?

Ingeborg. Der Vater des Einen will nämlich eine Eisenbahn bauen, der des Andern ein Bergwerk gründen, und der des Dritten eine Aktiengesellschaft auf Austernbänke. Nun sind die Herren zwar reich; aber doch nicht reich genug, um ihr Vorhaben allein ausführen zu können. Da sollen nun meines Papa's Millionen helfen, und der sicherste Weg dazu ist natürlich die Hand der Tochter.

Heinrich. Das ist aber nichtswürdig!

Ingeborg. Ich finde, daß die Herren ungemein muthig sind. Um eines Geschäftes willen, also ohne jede Begeistrung, wollen sie sich in die Gefahren des Ehestandes stürzen, — es giebt Männer, die trotz ihrer begeisternden Liebe nicht einmal so viel Courage haben, ihren zukünftigen Schwiegervater nur erst kennen zu lernen.

Heinrich (kleinlaut). Ingeborg!

Ingeborg. Die drei Herren werden also demnächst hier eintreffen und auch einige Zeit hier verweilen.

Heinrich (springt auf). Hier?

Ingeborg. Hab' keine Sorge! Ich heirathe keinen von ihnen und mein guter Papa wird mich auch nicht dazu zwingen. Aber es ist recht langweilig, all' diesen süßen Redensarten und sonstigen Galanterien ausgesetzt zu sein, und Niemanden zu haben, der zu rechter Zeit dazwischen tritt.

Heinrich (entschlossen). Ingeborg, heut noch führe ich mich bei Deinem Vater ein.

Ingeborg (erfreut). Endlich! (Steht auf.)

Heinrich (heftig). Ha, es soll's nur Einer wagen, den Galanten gegen Dich zu spielen — ich werde schon zu rechter Zeit dazwischen treten.

Ingeborg. So gefällst Du mir!

Heinrich (ihre Hände fassend). Dich wollen sie mir rauben, Dich, mein einziges Glück! Aber sie sollen sich in acht nehmen, sie sollen —

Ingeborg. Still doch, still! Hörst Du nichts? Ha, dort kommt mein Vater. Du mußt fort.

Heinrich. So lebe wohl!

Ingeborg. Du kommst also?

Heinrich. In wenigen Stunden. Leb' wohl, Geliebte!

Ingeborg. Auf Wiedersehn!

Heinrich (eilt rechts ab).

Ingeborg. Aber welchen Vorwand wird er nehmen? Wir hätten doch etwas verabreden sollen. —

3. Auftritt.

Haltenweg. Ingeborg.

Haltenweg (von links kommend, hat drei Briefe in der Hand). Guten Morgen, mein Kind! Ich hab' Dich schon überall gesucht.

Ingeborg. Die schöne Morgenluft lockte mich in den Garten.

Haltenweg. Und unter diese Linde. Das scheint jetzt Dein Lieblingsplätzchen zu sein.

Ingeborg. Allerdings. (Für sich.) Er wird doch nichts merken?

Haltenweg. Neuigkeiten! Ingeborg, Neuigkeiten! Sieh' diese Briefe. Deine drei Freier werden heute noch hier eintreffen.

Ingeborg. Ach, mein Himmel!

Haltenweg. Hast Du Angst? Hahaha! Ohne Sorge! Von denen soll keiner Dich haben. Aber wir dürfen ihnen auch nicht so ohne weiteres einen Korb geben.

Ingeborg. Wie?

Haltenweg. Ich habe mir die Sache überlegt. Es ist doch möglich, daß ich mich an einem der drei Projecte betheilige, an der Eisenbahn, dem Bergwerk oder den Austernbänken. Eins wird großen Gewinn bringen — — ich habe heut Nacht meinen Stern befragt, und er hat hell geleuchtet.

Ingeborg (verwundert). Aber Papa, was ist Dir denn? Du bist ja ganz poetisch? Deinen Stern hast Du befragt?

Haltenweg. Hahaha! Das wundert Dich wohl? Ein Banquier mit einem Stern! Und nicht einmal hier, (auf die Brust zeigend) sondern dort! (zum Himmel deutend.) Also, mein Kind, es ist nothwendig, Deine drei Freier noch hinzuhalten, bis ich weiß, welches von den Projecten das annehmbarste sein wird.

Ingeborg. Aber nicht wahr, Papa, auf keinen Fall werde ich einen von den drei Herren heirathen?

Haltenweg. Nein, mein Kind, nur etwas hinhalten wollen wir sie; und das soll ganz meine Sorge sein. Du, mein Kind, Du — ich will Dir's heute sagen — (halblaut murmelnd) heut ist ja der Jahrestag; heut sind's siebenundzwanzig Jahre — (laut) heut sollst Du's erfahren: Du kannst keinen Andern heirathen, denn Du bist schon versprochen.

Ingeborg (erschrocken). Wie, Papa?

Haltenweg. Ja, Du bist verlobt, oder Du würdest auf die Hälfte Deines Erbes verzichten müssen, und das beträgt — die Anleihe von sechsundsiebzig mitgerechnet: Achtzigtausend siebenhundert und einundvierzigtausend dreihundert — (rechnet murmelnd).

Ingeborg. Aber, Papa, mit wem bin ich denn verlobt?

Haltenweg. Komm, ich will Dir Alles erzählen, heute, ja gerade heute. Setze Dich hierher. (Führt sie zu einem Stuhl in der Laube rechts. Sie setzt sich.) Ich, ich habe nicht viel Ruhe — muß dabei ein bischen rumlaufen.
(Er macht einige Schritte hin und her.)

Ingeborg (für sich, kläglich). Ich — verlobt? Da bin ich doch begierig.

Haltenweg (steht plötzlich still und lacht). Hahaha, Ingeborg, kannst Du Dir's denken? Hahaha!

Ingeborg (verwundert). Was denn, Papa?

Haltenweg. An drei Eisenbahnbauten habe ich mich betheiligt, an zwei Staats-Anleihen und acht Fabriken; einen Wald hab' ich aushauen lassen und zwei Sümpfe trocken gelegt; heilloses Geld habe ich riskirt und heilloses Geld verdient; ich kann rechnen wie Adam Riese; und doch — einmal in meinem Leben, aber nur ein einziges Mal — habe ich gedichtet.

Ingeborg. Du Papa? Du hast gedichtet, wirklich gedichtet?

Haltenweg. Ja. Und noch dazu ein sehr poetisches, schönes Gedicht — acht Zeilen lang. Hahaha! (Plötzlich ernst) Doch ich muß von vorn beginnen. Höre also.
(Setzt sich zu ihr.)

Ingeborg. Da bin ich wirklich begierig.

Haltenweg. Einstmals war ich ein junger, blutarmer Commis. Desto reicher war mein Prinzipal; man schätzte ihn nach Millionen. Auch diese Villa, dieser Park gehörten ihm. Mein Chef hatte eine Tochter — die hieß Louise — Lischen. Ich hatte sie lieb und sie mich. Eines Tages wurde sie verlobt mit einem andern, reichen Manne, und wir mußten Abschied nehmen für's Leben. Es war spät am Abend, als wir uns das letzte Mal sahen, und zwar — unter dieser Linde.
(Er steht auf und geht zum Baume.)

Ingeborg (aufstehend). Unter dieser Linde?

Haltenweg. Ja. Bleib doch sitzen! — Also wir nahmen einen traurigen Abschied für's ganze Leben. Sie gab mir dreitausend Thaler, ich solle ein eignes Geschäft damit beginnen. Die wollte ich natürlich zuerst nicht nehmen. Aber sie drang in mich, und da nahm ich sie; erstens, weil ich ihr dabei heilig gelobte, damit ein Vermögen zu erringen für sie oder ihre Kinder; denn Niemand könne ja wissen, wie alles in der Welt komme — und dann zweitens: Es ging mir gerade ein Geschäft im Kopfe herum mit dreihundert Procent Verdienst. Es waren nämlich — warte — (rechnet murmelnd) Sechstausend und zweiundsiebzig —

Ingeborg. Weiter Papa! Ihr nahmt also Abschied?

Haltenweg. Ja. (Setzt sich zu ihr). Es war traurig. — Wir weinten Beide. — Die Nacht war so mild, und die Sterne leuchteten so hell. — Da zeigte mein

Lischen zum Himmel, auf einen Stern — es war der mittelste und kleinste in dem Sternbild, welches man den großen Bären nennt. „Siehe", sagte sie, „das soll unser Stern sein. Wenn wir weit, weit von einander getrennt sind, und schauen dann Beide des Abends hinauf zu ihm, dann treffen sich unsere Blicke an einem Punkte; dann sind wir wieder bei einander, im Blick, im Gedanken, im Herzen!" — — Und als sie das sagte, und sah' so lieb und gut dabei aus, und die Sterne funkelten so hell — da wurde mir so seltsam zu Muthe, und auf einmal war's fix und fertig, und ich sagte ihr's vor, und wir wiederholtens immer und immer wieder, bis wir's Beide nicht mehr vergessen konnten.

Ingeborg. Was denn, Papa?

Haltenweg. Nun, mein Gedicht. Ich will Dir's vorsagen; aber ansehen mußt Du mich nicht dabei — sonst geht's nicht. Also, das war so:

(Etwas genirt, aber recht herzlich:)

Und bin ich bald nun in der Ferne,
Und Du, mein Alles, bleibst allein —
Dann blick' empor zu unserm Sterne,
Und denke mein!
Ach unser Glück ging schnell zu nichte;
Doch unser Stern wird nicht vergehn —
Wir werden einst in seinem Lichte
Uns wiedersehn. —

(Pause. Er wischt eine Thräne fort. Gemüthlich.) Na? Ist das nicht ganz hübsch?

Ingeborg (zu ihm tretend, gerührt). Sehr hübsch, lieber Vater.

Haltenweg (wohlgefällig). Ja, das ist von mir — mein einziges Gedicht. — Ich lief fort in die Welt. Lischens Geld brachte mir Segen; ich wurde von Jahr zu Jahr reicher. Auch wieder froh im Herzen; denn ich heirathete Deine gute selige Mutter.

Ingeborg. Und das Fräulein?

Haltenweg. Lischen? Ja so. Die heirathete also wenige Wochen nach unserm Abschied. Ihr Gatte und ihr Vater ließen sich später gemeinsam auf eine große Speculation ein — sie mißglückte — die beiden stolzen

Häuser fallirten. Der Alte starb vor Gram. Lischen zog mit ihrem Gatten nach Amerika. Trotz aller Nach= forschungen vernahm ich lange nichts von ihnen; vor kurzer Zeit erst hörte ich, daß Lischens Gatte abermals ein Geschäftshaus errichtet, aber nach langer, vergeblicher Arbeit abermals zusammengebrochen sei. Er ist bald darauf gestorben, und — Lischen ist ihm gefolgt. (Trocknet die Augen.)

Ingeborg. Lieber Vater!

Haltenweg. Sie haben einen Sohn hinterlassen. Der brave junge Mann hat bis auf den letzten Heller Alles hergegeben, um die Gläubiger zu befriedigen. Ich wollte ihm helfen, hatte schon vorher eine drückende Schuld seines Vaters an mich gekauft mit dreißigtausend Mark — da, eines Tages war der junge Mann spurlos ver= schwunden.

Ingeborg. Verschwunden?

Haltenweg. Ja. Mitgenommen hat er nichts, das weiß ich; aber er ist verschollen. Das ist ärgerlich. Lischens Geld hat mich reich gemacht. Ich hab' ihr's geschworen, ich sammle für sie und ihre Kinder. Ihr Sohn hat also berechtigten Anspruch auf einen Theil meines Vermögens. (Immer heftiger.) Mehr noch, er soll Dein Gatte werden. Ich hab' mir alles so schön aus= gedacht — und nun verschwindet er! Ingeborg, wie kannst Du einen Mann heirathen, der verschwunden ist?
(Läuft ärgerlich umher.)

Ingeborg (für sich). Gott sei Dank!

Haltenweg (vor ihr stehen bleibend). Oder willst Du ihn etwa nicht heirathen? Ingeborg, mache mir den Kummer nicht!

Ingeborg. Aber Papa, ereifre Dich doch nicht. Wenn der junge Herr erst wieder zum Vorschein kommt, wird sich ja alles finden. Und sollte ich ihn wirklich nicht lieben können — zu einer Ehe wirst Du mich ja nicht zwingen — dann soll er mein lieber guter Bruder sein, und freudig werde ich einwilligen, wenn Du ihm auch Dein ganzes Vermögen giebst.

Haltenweg (streichelt sie). Du bist ein gutes Kind. Aber am glücklichsten machte mich's doch, wenn Du ihn heirathetest; das heißt, wenn wir ihn erst haben.

Ingeborg. Wie heißt er denn, Papa?

Haltenweg. Dorningen.

Ingeborg. Dorningen?

Haltenweg. Ja. Aber Kind, schweig gegen Jedermann noch über die ganze Geschichte — gieb mir Dein Wort darauf.

Ingeborg (ihm die Hand gebend). Ich schweige, Papa.

Haltenweg. Und namentlich auch über meine Dichtung.

Ingeborg. Ach ja, Dein Gedicht. Es ist wirklich ganz reizend, das kleine Lied.

Haltenweg. Nicht wahr? Ja, das ist von mir — mein einziges Gedicht.

Ingeborg. Und Du hast nie versucht, noch mehr zu dichten?

Haltenweg. Nie. Habe immer nur gegründet.

Ingeborg. Wie war es doch?
    Und bin ich bald nun in der Ferne,
    Und Du, mein Alles, bleibst allein — —
Wie ging's doch weiter, Papa?

Haltenweg. Hahaha, hast Du's vergessen? Das ist gut.

Ingeborg (nachsinnend). Und Du, mein Alles, bleibst allein — ach, hilf mir doch Papa!

Haltenweg. Bewahre. Es ist mir lieb, wenn Niemand die Dichtung kennt als ich. — Habe damit noch ein besonderes Späßchen vor — mit Deinen drei Freiern.

Ingeborg. Wie?

Haltenweg. Fiel mir heute Nacht ein, als ich meinen Stern anschaute. Kennst Du eine alte Comödie, Prinzessin Turandot?

Ingeborg. Gewiß, Papa.

Haltenweg. Na sieh, in der Comödie giebt die Prinzessin ihren Freiern unlösbare Räthsel auf, bis endlich der Prinz Odyssee dieselben löst, worauf sie in Verzweiflung vom Felsen stürzt.

Ingeborg (lacht). Haha, aber lieber, guter Papa, Du wirfst ja alles durcheinander. Du meinst die Sphynx.

Haltenweg. Ist egal. Sphynx oder Turandot. Ich meine nur, Deinen drei Freiern will ich auch eine Nuß zu knacken geben, und sie sollen so lange dran rumbeißen, bis ich weiß, was am besten ist — Eisenbahn, Bergwerk oder Austernbank.

Ingeborg. Und dann?

Haltenweg. Dann haben wir vielleicht Nachricht von Dorningen.

Ingeborg. Aber, Papa, was hast Du denn vor?

Haltenweg. Wirst es schon sehen! Haha, sie wollen mich fangen — für die Ehre, ihr Schwiegervater zu heißen, soll ich mit einer vielleicht faulen Gründung reinfallen? Aber an meinem einzigen Gedicht soll ihr Plan scheitern. Komm! (Bietet ihr den Arm.)

Ingeborg. Ich bin ordentlich stolz, seit ich weiß, daß ich einen Dichter zum Papa habe.

Haltenweg (im Abgehen). Und was für einen. Meine sämmtlichen Werke kannst Du für ein paar Mark telegraphiren. Rechne mal aus. Dreiundvierzig Worte hat mein Gedicht, das Wort fünf Pfennig, und zwanzig Pfennig Zuschlag macht: Zwei Mark, fünfunddreißig Pfennig. Ohne Adresse natürlich, hahaha, ohne Adresse!

(Gehen Arm in Arm lachend links ab.)

4. Auftritt.

Horrwitz, dann Bronnhagen und Willstädt.

Horrwitz (heiterer junger Mann in elegantem Reisekleid, tritt schnell von rechts auf. Sich umsehend). Ich glaube wahrhaftig, das ist der Bronnhagen, der dort kommt. Der Bursche lügt uns vor, er sei auf der Reise nach Frankfurt — und nun scheint er auf demselben Wege wie ich. Warte! (Er tritt links hinter ein Gebüsch.)

Bronnhagen (etwas blasirt und geckenhaft. Er kommt von rechts, setzt sein Augenglas auf und blickt forschend nach links). Da ging Einer vor mir her, und jetzt ist er auf einmal fort. Ich glaubte schon, es wäre Horrwitz; aber der wollte doch in's Riesengebirge. Gleichviel! Ich will jetzt — (er will links abgehen.)

Horrwitz (ihm entgegen tretend). Ah, sieh da, lieber Bronnhagen. Ist das der Weg nach Frankfurt?

Bronnhagen (verlegen). Hahaha, und durch diesen Park geht's wohl ins Riesengebirge?

Horrwitz (blickt nach rechts und lacht laut auf). Hahaha, das ist köstlich!

Bronnhagen. Was giebt's?

Horrwitz. Da kommt richtig auch Willstädt.

Bronnhagen. Was? Willstädt, der direct nach Hamburg wollte? (Sie treten etwas zurück.)

Willstädt (ein etwas steifer und pedantischer junger Mann, kommt von rechts). Wie mich das freut, daß ich meine beiden Concurrenten überlistet habe. Sie glauben mich auf der Reise nach — —

Horrwitz und **Bronnhagen** (ihm entgegen tretend). Willkommen in Hamburg!

Willstädt (überrascht). Ah, ah, Sie hier, meine Herren? (Sie sehen sich alle drei erstaunt und forschend an.)

Horrwitz (nach kurzer Pause, lachend). Meine Herren, hier haben sich drei lustige Füchse in derselben Falle gefangen. Sie wollten weder nach Frankfurt noch Sie nach Hamburg.

Willstädt. Und Sie nicht in's Riesengebirge.

Horrwitz. Zugestanden. Das ist sehr spaßhaft — vor einer halben Stunde nahmen wir dort auf dem Bahnhof rührenden Abschied von einander, und jetzt treffen wir uns hier wieder auf Haltenweg's Villa.

Bronnhagen. Mir fiel ein, daß ich hier auf der Durchreise noch ein kleines Geschäft abwickeln könne.

Willstädt. Das fiel auch mir ein.

Horrwitz. Hahaha, mir auch, meine Herren.

Willstädt. Genug des Scherzes, meine Herren. Ich muß Herrn Haltenweg sprechen. Leben Sie wohl! (Er will gehen.)

Horrwitz und **Bronnhagen** (sich an seine Arme hängend). Wir gehen mit.

Willstädt. Aber das ist zu arg, meine Herren. Ich kann Ihnen die Versichrung geben, Herr Haltenweg betheiligt sich einzig und allein an unserm Kohlenbergwerk.

Horrwitz. Täuschung, lieber Willstädt! nur an unsrer Eisenbahn.

Bronnhagen. Ich schwöre Ihnen, Haltenweg wird Director unsrer Austernbank=Actiengesellschaft; denn, daß Sie es nur wissen, innigere Banden werden mich bald mit Haltenwegs vereinigen.

Willstädt. Was? Sie wollen doch nicht etwa Haltenwegs Tochter heirathen?

Horrwitz. Meine zukünftige Braut?

Willstädt. Ihre Braut? Nein, meine Braut.

Bronnhagen. Aber meine Herren, sehen Sie mich an und dann sich, und Sie werden wissen, auf wen Fräulein Ingeborg's Wahl fallen wird.

{ **Willstädt.** Herr, Sie werden unverschämt!
{ **Horrwitz.** Sie machen sich sehr lächerlich!

5. Auftritt.

Die Vorigen. Haltenweg.

Haltenweg (ist schon etwas früher von links aufgetreten und hat den Schluß des Gesprächs gehört. Er tritt jetzt rasch vor). Guten Morgen, meine Herren!

Alle drei. Ah, Herr Haltenweg! (Begrüßung.)

Haltenweg. Sie unterhielten sich ja so eben sehr lebhaft.

{ **Horrwitz.** Ein kleiner Scherz!
{ **Bronnhagen.** Eine lustige Wette!

Haltenweg. Kann mir's denken. Ich begrüße Sie also, meine Herren, und bitte Sie, sich's einige Tage auf meiner Villa gefallen zu lassen.

Willstädt (für sich). Wie? Alle drei.

Bronnhagen. Mein werther Herr Haltenweg, dürfte ich Sie vor allen Dingen um eine Unterredung unter vier Augen bitten?

Horrwitz. Das ist auch mein Wunsch — in der bekannten Sache.

Haltenweg. Und gewiß auch der des Herrn Willstädt?

Willstädt. Allerdings.

Haltenweg. Nun, meine Herren, als tüchtige Kaufleute wissen Sie: Zeit ist Geld! Also zur Ersparung von Zeit wollen wir die Sache en gros abmachen, das heißt: Unter acht Augen.

Alle drei. Wie?

Haltenweg. Und zwar gleich hier auf der Stelle, damit Sie als gute Freunde in meine friedliche Villa eintreten. — Nehmen Sie Platz!

(Deutet auf die Stühle in der Laube rechts.)

Haltenweg. Haben die Herren schon gefrühstückt?

Willstädt. Ja, auf dem Bahnhof.

Horrwitz (lachend). Bei unserm rührenden Abschied.

Haltenweg. Nun gut. Also ohne das übliche Glas Wein. (Alle haben sich gesetzt.)

Haltenweg. Meine Herren! Sie sind drei tüchtige junge Kaufleute von großem Vermögen. Ihre Herren Väter sind meine alten, geschätzten Geschäftsfreunde. Sie alle drei stehen gleich hoch in meiner Achtung. Nun hat sich der eigenthümliche Fall begeben, daß Sie alle drei an demselben Tage um die Hand meiner Tochter Ingeborg angehalten haben.

Alle drei. Wie?

Haltenweg. So weit sind wir nun noch nicht in der Cultur fortgeschritten, daß wir auf unsrer Töchter Hand Actien=Gesellschaften gründen könnten. Meine Tochter kann nur einen von Ihnen die Hand reichen. Aber welchem? Das ist die Frage.

Bronnhagen. Lassen Sie doch Ihre Fräulein Tochter selbst entscheiden.

Haltenweg. Ich schlug ihr das bereits vor; aber auch sie schätzt Sie alle drei gleich hoch. Sie überließ daher mir die Entscheidung. Nun denn, um keinen von

Ihnen wehe zu thun, meine Herren, so werde ich Ihnen ein Räthsel aufgeben, oder vielmehr eine Frage stellen, und wer dieselbe richtig beantworten kann, erhält die Hand meiner Tochter. (Steht auf.)

Willstädt. Eine Frage?

Bronnhagen. Und welche?

Haltenweg. Vor allen Dingen muß ich Ihnen etwas anvertrauen; aber ich bitte um Discretion darüber, meine Herren. Ich, der ehrsame und solide Banquier Justinus Haltenweg war einmal in meinem Leben ein — Dichter.

Willstädt. Was?

Horrwitz. Sie scherzen.

Bronnhagen. Sie, ein Dichter?

Haltenweg. Ja. Einmal in meinem Leben habe ich eine Dichtung verfertigt, nur einmal — und meine Aufgabe an Sie ist nun: Wer kann mir sagen, welche Dichtung das war? — Wer die Frage richtig beantwortet, der wird mein Schwiegersohn.

(Die Herren stehen auf.)

Bronnhagen. Ah, das ist bizarr.

Willstädt. Sie treiben Scherz mit uns.

Horrwitz. Da könnte man sich krank lachen.

Haltenweg. Ich treibe keinen Scherz. Die Beantwortung meiner Frage erfordert Scharfsinn; dieser aber ist eine besondere Kaufmannstugend, und gerade ein Schwiegersohn, der diese Tugend besitzt, ist mir willkommen. — Also meine Herren, wer mir meine Dichtung nennen kann, erhält die Hand meiner Tochter.

Willstädt. Im Ernst?

Haltenweg. Auf mein Wort. Wollen Sie auf meinen Vorschlag eingehen?

Horrwitz. Aber welcher Art ist denn Ihre Dichtung? Ein Epos? Ein Drama? Ein Polterabendscherz?

Haltenweg. Das kann ich nicht verrathen.

Willstädt. Ist denn Ihre Dichtung gedruckt?

Haltenweg. Das sage ich nicht.

Bronnhagen. Kennt sie denn noch Jemand außer Ihnen?

Haltenweg. Das weiß ich nicht.

Bronnhagen. Aber das ist ja zum Verzweifeln!

Horrwitz. Sie setzen uns Daumschrauben an.

Willstädt. Bei diesem Nachgrübeln versäumt man ja alle Geschäfte.

Haltenweg. Meine Herren, ich verlasse Sie jetzt. Berathen Sie sich, überlegen Sie. Sie kennen jetzt die Bedingung. Hahaha! Dem Scharfsinnigsten die Hand meiner Tochter! Adieu, meine Herren! Hahaha! Auf baldiges Wiedersehen! (Links ab.)

Horrwitz (nach kurzer Pause, lachend). Was sagen Sie dazu, meine Herren?

Bronnhagen. Ich sage, daß mir dieser Spaß sehr trivial scheint, und daß unser guter Haltenweg närrische Einfälle hat.

Willstädt. Auf welche ein solider Kaufmann sich nicht einlassen kann. Ich werde meine Heimreise antreten.

Horrwitz. Ganz Ihrer Meinung, meine Herren. Auch ich werde mich nicht zum Narren halten lassen.

Bronnhagen. Wohlan denn, ich mache den Anfang. Leben Sie wohl, meine Herren! Mit dem nächsten Zuge dampfe ich ab. (Er geht rechts im Hintergrunde ab.)

Horrwitz (für sich). Ich wette, er reist nicht.

Willstädt. Nun, lieber Horrwitz, wollen wir nicht auch gehen?

Horrwitz. Gewiß, gewiß!

Willstädt. Oder haben Sie Lust, auf Haltenweg's Späße einzugehen?

Horrwitz. Wo denken Sie hin? (Für sich.) Wenn ich ihn nur los werden könnte. (Laut, seinen Arm nehmend.) Vorwärts zum Bahnhof!

Willstädt. Es ist übrigens stark — ein Banquier, ein Kaufmann, der Gedichte macht!

Horrwitz. Und noch dazu auf seine alten Tage! Es ist lächerlich! Hahaha!

Willstädt. Ja, höchst lächerlich! Hahaha!
(Beide lachend rechts im Hintergrunde ab.)

Bronnhagen (tritt, sobald sie fort sind, rechts aus dem Vordergrunde auf). Die wäre ich los und habe jetzt freie Hand. — Der Gärtner sagte mir eben, Doctor Hahn mit seinen Töchtern sei auf der Villa. Hahn ist ein weitläuftiger Verwandter Haltenwegs und zugleich ein tüchtiger Literaturkenner. Von ihm ist's sicher heraus zu bekommen, was der Alte für poetische Dummheiten gemacht hat. Oder vielleicht kann man's von den hübschen Töchtern erfahren. Wir wollen sehen! (Will links ab.)

Willstädt (tritt rasch aus dem Hintergrunde rechts auf und ruft Bronnhagen an). Heda! Horrwitz!

Bronnhagen. Alle Wetter! Willstädt?

Willstädt. Was? Sie sind es, Bronnhagen? Ich hielt sie für Horrwitz — der ist mir davon gelaufen.

Horrwitz (will, von rechts kommend, im Hintergrund über die Bühne schleichen).

Bronnhagen. Davon gelaufen? — Ha, da ist er ja!

Willstädt. Horrwitz!

Horrwitz. O weh! Ertappt!

Willstädt. Merkwürdig! (Sie sehen sich an und lachen.)

Horrwitz. Meine Herren, es scheint, als hätten wir alle drei nicht die Absicht zu reisen, sondern hier zu bleiben, um Herrn Haltenwegs Dichtung nachzuforschen.

Bronnhagen (ärgerlich). Unsinn!

Willstädt. Lächerlich!

Horrwitz. Meine Freunde, wir wollen uns vertragen. Wir sind doch alle drei nicht so dumm zu glauben, daß der alte Haltenweg jemals einen vernünftigen Vers gemacht hat. Er treibt einen Scherz mit uns — fassen wir's als Scherz auf!

(**Bronnhagen.** Bravo!

(**Willstädt.** Das läßt sich hören.

Horrwitz. Thun wir, als glaubten wir an seinen Scherz. Wir wollen forschen nach seiner Dichtung, fragen, spioniren — wir wollen seine Villa von oben bis unten durchstöbern. Angst und bang soll ihm werden vor der Dichterei.

Bronnhagen. Haha, die Idee ist herrlich!

Willstädt. Das ist eine verdiente Strafe.

Horrwitz. Und wehe ihm, wenn wir wirklich etwas wie einen Vers entdecken — wir erdrücken ihn in Lorbeeren.

Bronnhagen. Ein Ständchen bekommt er —

Willstädt. Einen Fackelzug.

Horrwitz. Er soll im Leben keine Verse wieder machen!

Die Andern. Im Leben nicht! Hahaha!

Horrwitz. Still, da kommen Damen. Fräulein Haltenweg —

Bronnhagen. Und die niedlichen Töchter des Doctor Hahn.

Willstädt. Treten wir zurück!

6. Auftritt.

Die Vorigen. Ingeborg. Miranda. Celia. Rosalinde.

Ingeborg (von links, den Andern vorausspringend, ohne die Herren zu bemerken. Sie trägt einen Korb mit Blumen). Hierher! hierher zu meiner alten Linde! (Zurückrufend) Aber wo bleibt Ihr denn? Ja, wenn Ihr Euch immer umschlungen haltet, kommt Ihr im Leben nicht von der Stelle. (Celia, Miranda und Rosalinde, drei hübsche, junge Mädchen, ganz egal gekleidet, hüpfen, sich gegenseitig umschlungen haltend, auf die Scene.)

Die drei Mädchen. Da sind wir schon.

Ingeborg. Endlich! Und nun geschwind, laßt uns Kränze winden!

Bronnhagen (ruft entzückt). Venus und die Grazien!

Die drei Mädchen (stoßen einen Schrei aus, bleiben aber in ihrer Stellung sich umschlungen haltend starr stehen). Ha!

Ingeborg. Ah, die Herren! Seien Sie gegrüßt, meine Herren! Mein Vater hat mir Ihre Ankunft schon gemeldet. Die Herrschaften kennen sich?

Die Herren (verbeugen sich).

Die drei Mädchen (zugleich und ganz egal knixend). Wir haben die Ehre!

Ingeborg. Vortrefflich! Dann, meine Herren, können sie uns helfen beim Kränzewinden. Hier sind die Blumen. So.

(Sie stürzt den Korb um, so daß die Blumen von der Moosbank in der Mitte der Bühne zur Erde fallen.)

Horrwitz. Welche Fülle schöner Blumen!

Bronnhagen (auf die Damen deutend). Aber diese Blumen sind noch schöner.

Ingeborg (zu den Mädchen). Aber so laßt Euch doch endlich einmal los und kommt her!

Die drei Mädchen. Da sind wir!
(Eilen in die Mitte der Bühne und kauern sich zu den Blumen nieder.)

Miranda. Ich nehme die Rosen!

Celia. Ich die Narcissen!

Rosalinde. Ich die Nelken!

Horrwitz. Allerliebst!

Bronnhagen. Magnifique!

Willstädt. Piekfein!

Ingeborg. Aber Sie, meine Herren, sollen auch nicht müssig stehn.

Horrwitz. O, ich kann auch Kränze winden. Soll ich Rosen nehmen, Fräulein Ingeborg?

Ingeborg. Nein. Halten Sie einmal den Korb!
(Giebt ihm den Korb.)

Bronnhagen (nähert sich ihr galant). Fräulein, Sie sind doch die schönste Blume von allen!

Ingeborg. Das haben Sie ja vorhin schon gesagt. Da nehmen Sie einmal den Korb. (Nimmt Horrwitz den Korb weg und giebt ihn an Bronnhagen.) Und Sie, Herr Horrwitz, können grüne Blätter pflücken für Fräulein Miranda.

Horrwitz. Sehr wohl, ich pflücke Blätter.
(Geht zu den Bäumen und bricht Blätter.)

Willstädt (tritt zu Ingeborg). Wissen Sie, Fräulein, daß wir abermals Kohlen gefunden haben?

Ingeborg. Ah, mein werther Herr Willstädt, Sie wollen auch ein Amt haben? Gut, nehmen Sie jetzt den Korb, und Herr Bronnhagen kann Blätter für Fräulein Celia pflücken. (Giebt Willstädt den Korb.)

Bronnhagen (galant zu Ingeborg). Ich gehorche. (Seufzend) Von den Blumen zu den Blättern!
(Er pflückt Blätter.)

Ingeborg. Aber nun ist ja Rosalinde ohne Ritter.

Geschwind, Herr Willstädt, brechen Sie Blätterschmuck für das Fräulein. (Nimmt ihm den Korb weg.)

Willstädt. Cito, cito! (Bricht Blätter.)

Ingeborg. So, nun hat ein Jeder seinen Posten. Seid nur allerseits recht fleißig, meine Herrschaften — ich will unterdeß noch mehr Blumen holen: Brennende Liebe und Jelängerjelieber! Gänseblümchen und Pech= nelken! Adieu und gute Unterhaltung! (Springt links ab.)

Horrwitz (bringt Miranda mehrere Zweige). Hier, mein Fräulein, sind grüne Blätter.

Miranda. Ich danke schön. Aber hier so zu knieen ist unbequem. Ich setze mich dorthin.

(Eilt mit ihren Blumen zur Bank links.)

Horrwitz (ihr folgend). Ich bringe die Blätter mit.

Celia. Und ich mich dorthin. (Eilt zur Laube rechts.)

Bronnhagen. Ja, hier in der Laube ist's auch schattiger. (Setzt sich zu Celia und reicht ihr Blätter.)

Willstädt (zu Rosalinden). Sie erlauben doch, Fräu= lein, daß ich Ihnen helfe?

Rosalinde. Das wird mir sehr angenehm sein. Aber wir wollen uns doch lieber auch setzen!

(Setzt sich auf die Bank unter der Linde. Willstädt an ihre Seite.)

Horrwitz (zu Miranda). Daß ich eine so herrliche Stunde an Ihrer Seite verleben sollte, habe ich nicht vermuthet, als ich hierher kam.

Miranda. Ah mein Herr, Sie sind ein Schmeichler.

Horrwitz. Mein Fräulein, ich muß öfter das Glück haben, Sie zu sehen. Wie erringe ich dieses Glück?

Miranda. O, unserm Papa wird Ihr Besuch ge= wiß recht angenehm sein.

Horrwitz. Ich darf ihn also um Erlaubniß bitten, mir sein Haus zu öffnen?

Miranda. Ei warum denn nicht? Sprechen Sie nur mit Papa.

Bronnhagen (feurig zu Celia). Ich darf Sie also öfter sehen?

Celia. Da müssen Sie meinen Papa fragen.

Willstädt (zu Rosalinden). Wann also darf ich Ihnen aufwarten?

Rosalinde. Zwischen zwölf und eins Mittags, wenn der Papa zu Hause ist.

Miranda. So, ich bin fertig.
(Setzt den Kranz auf und springt auf.)

Celia. Ich auch. (Ebenso.)

Rosalinde. Ich auch. (Ebenso.)
(Die drei Mädchen laufen in der Mitte der Bühne zusammen und umschlingen sich.)

Miranda. Nun, meine Herren, wie stehen uns die Kränze?

Die Herren. Reizend! Prächtig! Herrlich!

Celia. Jetzt wollen wir aber auch ein Liedchen singen.

Rosalinde. Da dürfen uns die Herren aber nicht helfen.

Miranda. Nein, die Brummbässe stören die Harmonie. (Die drei Mädchen beginnen zu singen)
Sah' ein Knab' ein Röslein stehn —
Röslein auf der Haiden!
(und gehen dabei, sich umschlungen haltend, um die Linde herum.)

Bronnhagen (im Vordergrund, zu den beiden Andern). Meine Herren, ich sage Ihnen, diese Celia ist reizend.

Horrwitz. Nicht so prächtig, wie die schelmische Miranda.

Willstädt. Rosalinde ist die lieblichste.

Bronnhagen (für sich). Die Narren verlieben sich in die Mädchen und werden mir bei Ingeborg nicht mehr gefährlich.

Horrwitz (für sich). Die werde ich bald los sein.

Willstädt (für sich). Die gehen in die Falle.
(Die drei Mädchen sind während dieses im Vordergrunde geführten Gespräches um die Linde leise singend herumgegangen und springen jetzt vor.)

Miranda. Meine Herren, hören Sie uns!

Celia. Wir haben beschlossen, weil Sie uns so schön geholfen haben —

Rosalinde. Ihnen einen Dank darzubringen.

Die drei Herren. Einen Dank?
Miranda. Beugen Sie die Häupter —
Celia. In Demuth und Entzücken —
Rosalinde. Wir wollen Sie bekränzen.
Die Herren (lächelnd). Ah, ah!
Die Mädchen (ihnen die Kränze aufsetzend). So — so!
Miranda. Und nun lassen Sie sich ansehen.
Celia. Herrlich!
Rosalinde. Ganz reizend!
Die Herren (lachen).
Miranda. Nun müssen die Herren auch um die Linde wandeln —
Rosalinde. Und ein poetisches Liedchen singen.
Celia (singt). „Es ritten drei Reiter zum Thore hinaus —"
(Alle lachen fröhlich, die Mädchen klatschen in die Hände.)

7. Auftritt.

Die Vorigen. Haltenweg. Dr. Hahn. Ingeborg.

Haltenweg. Na nun? Was geht denn hier vor?
Ingeborg. Eine feierliche Bekränzung!
Die Herren (nehmen schnell die Kränze ab).
Hahn. Ei, ei, meine Kinder, Ihr waret doch artig?
Horrwitz. Die Damen waren sehr liebenswürdig, Herr Doctor.
Miranda. Aber wo bist Du denn nur geblieben, Ingeborg?
Celia. Wir haben Dich so sehnsüchtig erwartet.
Rosalinde. Haben immerfort nach Dir gefragt.
Ingeborg. Ich habe gelesen.
(Zeigt das Buch von „Sansara und Nirwana.")
Haltenweg. Ja, ich fand sie, ganz vertieft in ihr Buch, in der Fliederlaube.
Hahn (mit Protektormiene). Und was haben Sie denn gelesen? Einen Roman?
Ingeborg (feurig). Nein. Ein Drama. Aber ein

Werk, voll von schönen Gedanken, reich an edler, wahrhaft dichterischer Begeisterung.

Hahn. Ah, die Antigone? oder etwas von Shakespeare?

Ingeborg. Nein, ein ganz neues Werk, von einem ungenannten Dichter. Es heißt: Sansara und Nirwana.

Haltenweg. Das ist ja ein närrischer Titel.

Hahn. Sansara und Nirwana? (Reibt sich die Stirn.) Hm, hm, der Titel kommt mir so bekannt vor.

Miranda. Ach, Ingeborg, das Buch mußt Du mir auch borgen.

Celia und **Rosalinde.** Mir auch, mir auch!

Ingeborg. Später meine Lieben. Acht Tage lang lasse ich das herrliche Buch nicht aus meinen Händen — und ich besitze nur dieses eine Exemplar.

Haltenweg. Na, nun genug von dieser Sansara und Nirwana — wir wollen jetzt zu Tische gehn.

8. Auftritt.

Die Vorigen. Heinrich (im schwarzen Frack).

Heinrich. Verzeihung, meine Herrschaften, daß ich so plötzlich und unangemeldet eintrete.

Ingeborg (für sich). Heinrich?

Die drei Mädchen. Ein Fremder?
(Sie nehmen schnell ihre Stellung des Umschlungenseins an.)

Heinrich. Mein Name ist Heinrich Braun. — (Zu Ingeborg) Ich bin so glücklich dem Fräulein etwas Verlornes wieder zustellen zu können.

Haltenweg. Etwas Verlornes?

Heinrich. Ich sah Sie, mein Fräulein, vor einigen Stunden auf der Moosbank, welche vor Ihrem Gitterthor steht, eifrig mit Lesen beschäftigt. Als Sie fortgingen, vergaßen Sie das Buch — ein Bauernknabe spielte bereits damit, ich nahm es ihm ab. Hier ist es.
(Zieht das Buch hervor.)

Haltenweg. Was ist denn das nun wieder für ein Buch?

Heinrich. Es heißt: Sansara und Nirwana.
Alle. Sansara und Nirwana.
Ingeborg (sehr verlegen). O, mein Herr, ich bin Ihnen sehr dankbar, äußerst dankbar.
Haltenweg (leise zu Ingeborg). Was ist denn das? Du sagtest ja eben, Du besäßest nur ein Exemplar, von dem Buche?
Ingeborg (verwirrt). Ach, Papa, das ist — das ist ja schon die zweite Auflage.
Haltenweg (sieht sie erstaunt an). Was Du sagst!
Ingeborg. Papa, anstandshalber mußt Du den Herrn Braun zu Tische laden.
Haltenweg. So?
Heinrich. Meine Herrschaften, verzeihen Sie, wenn ich gestört habe. (Verbeugt sich und will gehen.)
Haltenweg. Einen Augenblick, mein Herr! Auch ich danke Ihnen im Namen meiner Tochter, und (leise zu Ingeborg) Warum denn gleich zu Tische? (laut) Und — warten Sie einmal — (greift in die Tasche) — —
Ingeborg (stößt ihn an). Aber Papa!
Haltenweg. Ja, so. Und ich ersuche Sie, heut Mittag bei uns einen Löffel Suppe zu nehmen.
Heinrich (erfreut). Sie sind sehr liebenswürdig.
Ingeborg. Und jetzt schnell zu Tische, ich habe Hunger. Die Vorstellungen können wir bei Tische abmachen. (Leise zu Heinrich) Biete mir Deinen Arm!
Heinrich (ihr den Arm bietend). Mein gnädiges Fräulein —
Ingeborg (seinen Arm nehmend). Nun vorwärts, meine Herrschaften, das Diner wartet.
(Geht mit Heinrich links ab.)
Haltenweg (ihnen erstaunt nachsehend). Na nun?!
Hahn (für sich). Sansara und Nirwana? Jetzt weiß ichs; das ist das Buch, welches ich im Literaturblatt so herunter gerissen habe. Hm, hm!
Haltenweg (für sich). Diese Sansara und Nirwana kommt mir sehr verdächtig vor. (Nimmt Hahns Arm) Kommen Sie, Vetter!
(Beide links ab.)

Die drei Herren (stürzen auf die Mädchen zu, ihnen den Arm bietend). Mein Fräulein!

Miranda. Danke, meine Herren, aber wir Schwestern gehen immer zusammen!

(Sie umschlingen sich und hüpfen nach links.)

Horrwitz (schnell und lustig). Dann wollen wir's auch so machen.

(Er faßt die beiden Andern um den Hals, sie folgen den Damen. Die Mädchen sehen sich um und lachen, die Herren lachen mit. Alle ab.)

Der Vorhang fällt.

Zweiter Akt.

Eleganter Salon in Haltenwegs Villa. Im Hintergrunde sind zwei Thüren. Die, rechts vom Publikum ist allgemeiner Eingang. Die Thür links, welche offen steht, führt in den Speisesaal. Rechts eine Seitenthür, welche nach Ingeborgs, links eine Seitenthür, welche nach Haltenwegs Zimmern führt.

1. Auftritt.

Miranda, Celia, Rosalinde kommen aus dem Speisesaal.

Miranda. Nun, wie gefällt es Euch heute?

Celia. Vortrefflich. Nur Ingeborg ist langweilig — sie spricht einzig und allein mit diesem Herrn Braun.

Rosalinde. Wer ist denn übrigens dieser Herr Braun?

Celia. Ich hörte sagen, er sei Commis oder Buchhalter, habe aber jetzt keine Stelle.

Miranda. Da paßt er eigentlich nicht in unsere Gesellschaft. Lauter Bankierssöhne und die Töchter des berühmten Doctor Hahn.

Rosalinde. Es war eigentlich etwas rücksichtslos von Vetter Haltenweg, diesen Herrn zu Tische zu laden.

Celia. Daran ist Ingeborg mit ihrem dummen Drama „Sansara und Nirwana" schuld. Die Sache kommt mir nebenbei bemerkt, recht sonderbar vor.

Miranda. Mir auch.

Rosalinde. Mir auch.

Celia (zögernd). Wie gefällt Euch denn übrigens der Herr Bronnhagen?

Miranda. Der? Etwas geckenhaft scheint er mir.

Celia. Geckenhaft? Daß ich nicht wüßte! Er gefällt mir besser, wie dieser Herr Horrwitz, der lauter schlechte Witze macht.

Miranda. Schlechte Witze?

Rosalinde. Ja, sehr schlechte. Ein paar Mal wollte er Herrn Willstädt sogar aufziehen; aber der hat ihn gut abgefertigt.

Miranda. Der? Der ist ja so steif und hölzern wie ein Schlagbaum.

Celia. Ja, das ist wahr — er spricht von nichts, als von Kohlen=Bergwerken.

Rosalinde. Immer ist er noch geistreicher als Bronnhagen mit seiner Austernbank=Aktiengesellschaft. Hahaha!

Miranda. Es ist beides albern. Da lobe ich mir Horrwitz, — er hat mir das mit der Eisenbahn erklärt, — das ist so interessant und belehrend.

Celia. Was Du wohl davon verstehst!

Miranda. Nun, doch mehr als Ihr Beiden, die Ihr Euch alle Augenblicke mit Eueren Aussprüchen blamirt.

Rosalinde. Ach, blamire Du Dich nur nicht; die Courschneiderei des Herrn Horrwitz ist doch zu auffallend.

Celia. Das sage ich auch, liebe Schwester.

Miranda. Bekümmert Euch doch lieber um Euch selbst. Ihr habt Angst, daß ich zuerst einen Mann bekomme, und darauf seid Ihr jetzt schon neidisch — weiter ist's nichts.

Rosalinde. Neidisch? Hahaha, Du bist sehr albern.

Celia. Ich werde es der Mama sagen, daß Ihr Euch schon wieder zankt.

Miranda. Ihr habt zuerst gezankt.

Rosalinde. Nein, Ihr!

Celia. Ihr!

Alle drei. Ihr! Ihr!

Miranda. Still! Es kommt Jemand!

(Sie eilen auf einander zu und nehmen ihre Gruppe der Umschlingung an).

2. Auftritt.

Vorige. Horrwitz. Bronnhagen. Willstädt.
(Die Herren kommen aus dem Speisesaal.)

Horrwitz. Ah, meine Damen, ist das recht, uns so zu entschlüpfen?

Bronnhagen. Und wieder in traulicher Umarmung?

Willstädt. Diesmal aber haben wir uns vorgenommen, das süße Band zu trennen.

Die Mädchen. Wie so?

Horrwitz. Wir wollen Sie zu einer Promenade in den Garten einladen.

Miranda. Das dürfen wir nicht annehmen ohne Papa's Erlaubniß.

Willstädt. Wir haben ihn bereits darum gebeten, und er hat acceptirt.

Rosalinde. O, das ist etwas Anderes.

Bronnhagen. Wir dürfen Sie also begleiten?

Die Mädchen (knixend). Es wird uns ein Ehre sein.

Die drei Herren (ihren Arm bietend). Mein Fräulein —

Die Mädchen (legen mit niedergeschlagnen Augen ihren Arm in den des betreffenden Herrn: Miranda und Horrwitz; Celia und Bronnhagen; Rosalinde und Willstädt).

Horrwitz. Die Damen scheinen sich sehr zu lieben?

Miranda. Sehr. Wir können nicht leben ohne einander.

Bronnhagen. Das findet man nicht immer bei Schwestern.

Celia. Wir streiten uns niemals.

Willstädt. Wie? Sie hätten noch niemals einen kleinen Zwist gehabt?

Die Mädchen (mit ehrlichen Gesichtern). Niemals!

Bronnhagen. Das ist reizend.

Willstädt. Sehr reell!

Horrwitz. Aber wollen wir nicht gehn?

(Sie wenden sich zum Gehen.)

Celia. Um uns nicht trennen zu müssen, haben wir uns vorgenommen, niemals zu heirathen.
Die Herren. Oh!
Miranda. Oder wir müßten zusammen heirathen.
Rosalinde. Ja, wenn wir heirathen, müssen wir an einem Tage heirathen.
(Sie gehen während der letzten Rede durch die Hauptthüre ab.)

3. Auftritt.

|Heinrich aus dem Speisesaal. Später Ingeborg.

Heinrich. Ich hätte nicht hierher kommen sollen! Der alte Haltenweg hat einen durchdringenden Blick. Unglücklicher Weise mußte ich mich auch verschnappen und sagen, daß ich in Amerika gewesen bin. Alle Augenblicke erwarte ich, daß er mich fragt: Kennen Sie das bankerotte Haus Dorningen? Wenn er wüßte, daß ich Dorningen bin; daß mein Vater es ist, der ihm noch dreißigtausend Mark schuldet. Aber habe ich nach meiner Eltern Tode nicht alles zu Gelde gemacht, um ihre Schulden zu decken? Nur diese Summe noch! O wenn ich sie erringen könnte! Ehe diese Schuld nicht getilgt ist, kann ich Ingeborg nicht die Meine nennen.

Ingeborg (kommt erregt mit einem Journal aus dem Speisesaale). Ach, Heinrich! Endlich kann ich Dich allein sprechen.

Heinrich (küßt ihre Hand). Meine Ingeborg!

Ingeborg. Still, still! Eine wichtige Neuigkeit. Hier ist das literarische Journal — es steht eine Kritik darin über Dein Drama, über Sansara und Nirwana.

Heinrich. Wie? Eine günstige? Ach nein; nicht= wahr, sie ist recht ungünstig?

Ingeborg. Ich habe sie noch nicht gelesen. Aber sie kann, meiner Ueberzeugung nach, nur günstig ausfallen.

Heinrich. O laß sehen!

Ingeborg. Wir wollen zusammen lesen.

(Sie sehen beide in das Journal und lesen.)

Ingeborg. „Sansara und Nirwana".
Heinrich. „Wieder ein sogenanntes Buchdrama —"
Ingeborg. „Abgeschmackte Trivialitäten" —
Heinrich. „Ueberspannte Ideen —"
Ingeborg. „Eine Bühnenaufführung unmöglich —"
Heinrich (wendet sich weg, schmerzlich). Ich weiß genug.
Ingeborg (zornig). O das ist schändlich! Ganz abscheulich!

Heinrich (entmuthigt lächelnd). Ach, der Kritiker wird wohl Recht haben.

Ingeborg (feurig). Recht? Nimmermehr! Ich habe Dein Drama gelesen. Es gehört zu dem besten, was seit Jahren geschrieben worden ist.

Heinrich. Oh, oh, die Liebe macht Dich parteiisch.

Ingeborg. Nein, nein. Und wenn ich Dich niemals gekannt hätte, ich würde diese Dichtung loben. — Wer mag denn nur diese alberne Kritik geschrieben haben? (Sieht in das Journal.) H... (Stößt einen Ausruf aus.) Ist es möglich?

Heinrich. Was hast Du?

Ingeborg. O nichts. (Für sich) Ein H. und drei Punkte? Das ist die Chiffre des Dr. Hahn. Nun warte!

Heinrich (traurig). Nach dieser Kritik ist auch jede Hoffnung auf eine Bühnen-Aufführung für immer dahin.

Ingeborg (heftig umhergehend). Verliere den Muth nicht!

Heinrich. Man wird überhaupt mein Stück jetzt nicht mehr lesen, gar keine Notiz davon nehmen. Ja, wenn ich etwas dafür thun könnte! Wenn ich reich wäre! Oder in irgend einem andern Fache einen Namen hätte, daß man aufmerksam auf mich würde von vorn herein!

Ingeborg (sinnend). Meinst Du?

Heinrich. Ich hätte es auch nicht anonym in die Welt schicken sollen! Das war ein Fehler.

Ingeborg (immer mehr von einem Gedanken erfaßt). O, wer weiß, wozu das gut ist!

Heinrich. Pah! Was helfen die Klagen! Will ich's machen wie die meisten Dichter, die den Mißerfolg ihrer Werke allem Möglichen Schuld geben, nur sich selber nicht?

Ingeborg (für sich, entschlossen). Ja, so wird es gehen. (Sanft zu Heinrich) Mein Freund, versprich mir, vorläufig an diese Unannehmlichkeit gar nicht mehr zu denken.

Heinrich (schmerzlich lächelnd). Ich will's versuchen.

Ingeborg. Versprich mir auch, Niemandem zu sagen, daß Du der Verfasser des Stückes bist.

Heinrich (heiterer). O darüber sei unbesorgt; nach dieser Kritik schweige ich gewiß.

Ingeborg. Und nun gieb mir noch einige Exemplare Deines Stückes.

Heinrich (lächelnd). O glaubst Du, daß ich meine Werke immer mit mir herumtrage? So eitel bin ich nicht.

Ingeborg. Schade. Sind nicht einige Bücher herbeizuschaffen?

Heinrich (zögernd). Warte. Ein Exemplar hab' ich wohl noch bei mir. (Zieht eins aus der Tasche.) Richtig — da ist noch eins.

Ingeborg. Nur eins? Ich hätte gern außer diesem noch zwei gehabt.

Heinrich. Noch zwei? Die habe ich nicht. Oder — warte — am Ende — richtig — da sind noch zwei. (Giebt sie ihr.)

Ingeborg (lächelnd). Herrlich!

Heinrich. Ah, nun lachst Du mich aus.

Ingeborg. O nicht doch, nicht doch! — Aber verlaß mich jetzt; es könnte auffallen, daß Du bei mir bist. Gehe zu meinem Vater.

Heinrich (zögernd). Zu Deinem Vater?

Ingeborg. Er scheint sich für Dich recht zu interessiren.

Heinrich. Meinst Du? (Schwermüthig lächelnd) Vielleicht giebt er mir in seinem Comtoir eine Commis-Stelle. (Er geht, kehrt um.) Ingeborg, hast Du mich nach diesem Mißerfolge noch ein wenig lieb?

Ingeborg (reicht ihm die Hand und sieht ihn lächelnd an).

Heinrich (herzlich). Ich danke Dir! (Ab in den Speisesaal).

Ingeborg (eilt zum Schreibtisch und fängt an, die Bücher zu convertiren). O warten Sie nur, mein Herr **Dr. Hahn,** der Sie sich für den Rhadamanthus selber halten, und

Werke kritisiren, die Sie wahrscheinlich nicht einmal gelesen haben — warten Sie, mein Herr Doctor, ich will Sie auf's Glatteis führen.

4. Auftritt.

Ingeborg. Hahn.

Hahn (aus dem Speisesaal). Ah, da ist sie. Von ihr kann ich dieses sonderbare Geheimniß wahrscheinlich noch am ehesten erfahren. — Mein liebenswürdiges Bäschen —

Ingeborg (steht erschrocken auf und schiebt Papiere über die Bücher). Ah, Herr Doctor —

Hahn. Wissen Sie, liebes Bäschen, daß ich in großer Verlegenheit bin und bei Ihnen Hülfe suche?

Ingeborg. Bei mir? Und womit kann ich Ihnen diene?

Hahn (lächelnd). Es ist wohl eigentlich mehr ein Scherz, um den es sich handelt — hahaha!

Ingeborg. Ein Scherz?

Hahn. Welche Stellung ich in der literarischen Welt einnehme, liebes Bäschen, wissen Sie. Man erzeigt mir die Ehre, mich für einen der größten Kritiker Deutschlands zu halten —

Ingeborg (für sich). Wie eingebildet!

Hahn. Ich darf wohl auch sagen, eine umfassendere und tiefsinnigere Kenntniß sämmtlicher Literaturen des Erdkreises besitzt Niemand.

Ingeborg (für sich). Was will er denn nur?

Hahn. Und doch, liebes Bäschen, habe ich heute die Erfahrung gemacht, daß ich nicht alles weiß.

Ingeborg. Nicht möglich!

Hahn. Ja. Daß ich von etwas, was ich unbedingt wissen müßte, gar keine Ahnung habe.

Ingeborg. Aber Herr Doctor, ich verstehe Sie gar nicht.

Hahn. Nun denn, ich erfahre heute zum ersten

Male, daß Ihr lieber Papa, mein hochverehrter guter Vetter, — ein heimlicher Dichter sein soll.

Ingeborg (sieht ihn erstaunt an). Mein Vater ein heimlicher Dichter?

Hahn. Das — offen gestanden — war mir überraschend, ja beschämend. Haltenweg der Verfasser irgend eines dichterischen Werkes, und ich — der erste Literaturkenner der Jetztzeit, mehr noch, ich sein eigner Vetter — weiß nichts davon? Fremde erst müssen es mir erzählen!

Ingeborg. Aber wer hat es Ihnen denn erzählt?

Hahn. Wer? Die Herren, welche heute bei Ihnen zum Besuche sind, die Herren Horrwitz, Bronnhagen und Willstädt.

Ingeborg. Wie?

Hahn. Und zwar scheint es Keiner etwa vom Andern zu wissen; denn Jeder nahm mich einzeln zur Seite mit der Frage: Wissen Sie nicht, was Haltenweg für eine Dichtung gemacht hat? „Haltenweg?" sagte ich, „Sie irren! Der ist durch und durch Kaufmann, und hat in seinem Leben keinen Vers gemacht." Nein, — hieß es, — ich hab's aus seinem eignen Munde; einmal im Leben war er Dichter, einmal hat er eine Dichtung geschrieben, auf Ehrenwort! — So sagte jeder der drei Herren einzeln zu mir, und ich stand da, und wußte von nichts, und konnte nichts antworten, ich, Haltenwegs leiblicher Vetter und der größte Literaturkenner obendrein.

Ingeborg (für sich). Ah, jetzt verstehe ich: Der Papa hat meinen drei Freiern von seinem Gedicht erzählt; die Sache zu enthüllen, soll der Preis für meine Hand sein — und die Herren haben sich nun in ihrer Verlegenheit an den da gewendet.

Hahn. Nun, Bäschen, Sie antworten mir nicht? Sollten Sie nicht um die Sache wissen?

Ingeborg (lachend). Ja, mein lieber Herr Vetter, das sind die Räthsel der Sphynx.

Hahn. Ich verstehe nicht.

Ingeborg (für sich). Das paßt ja herrlich zu meinem Plan. (Laut) Mein bester Herr Doctor, Sie verlangen da eine Auskunft von mir, die schwer zu geben ist. Wenn mein Papa wirklich eine Dichtung geschrieben hat, so wird er sich doch wohl mit dem Schleier der Anonymität umhüllt haben.

Hahn. Natürlich; aber Sie werden doch wissen —

Ingeborg. Nun, wenn ich darum weiß, bin ich natürlich zu strengem Stillschweigen verpflichtet.

Hahn. Aber gegen mich, Ihren leiblichen Vetter —

Ingeborg (sieht ihn schelmisch an). Aber fragen Sie doch den Papa selber.

Hahn (eifrig). Ich habe es ja versucht, vorhin; ich rückte sogar geradezu mit der Frage nach seiner Dichtung heraus — da knurrte er mich grimmig an.

Ingeborg (lächelnd). Er knurrte Sie an? Nun sehen Sie — daraus hätten Sie alles errathen können.

Hahn. Alles errathen?

Ingeborg (bedeutungsvoll). Er knurrte Sie an! Fragen Sie sich einmal, lieber Herr Doctor, was Sie in den letzten Wochen alles geschrieben haben, und ob Ihr Gewissen vollkommen rein ist.

Hahn. Mein Gewissen? Ich wüßte doch nicht — (er steht sinnend.)

Ingeborg (nimmt schnell die Bücher vom Tische). Kommt, ihr lieben Bücher — ich werde mein Spiel gewinnen! (Zu Hahn, mit Humor.) Herr Doctor, nichts ist für einen Kritiker verfänglicher, als über das Werk eines Anonymus eine Kritik zu schreiben, namentlich, wenn man's vielleicht nicht einmal ordentlich gelesen hat. Man reißt den armen Unbekannten herunter, tritt ihn in den Staub, macht ihn todt, und nachher ist's am Ende gar — der eigne Vetter! — — Adieu, Herr Vetter! (Eilt rechts ab, die Bücher mitnehmend.)

Hahn (starrt ihr sehr verwundert nach). Was? Das klingt ja, als hätte ich selber Haltenwegs Dichtung schon heruntergerissen. Unsinn! Was kann denn der Alte gedichtet haben? In fröhlicher Weinlaune vielleicht ein paar Knüttelverse. Aber ich möchte mich den drei jungen Herren gefällig zeigen — sie scheinen meinen Töchtern den Hof zu machen, haben mir auch die heiligste Dankbarkeit gelobt, wenn ich herausbekomme, was der Alte für ein poetisches Verbrechen begangen hat. Hm, was kann es denn nur sein?

5. Auftritt.

Hahn, Miranda, Celia, Rosalinde.

Alle drei Mädchen (durch den Haupteingang springend). Papa! Lieber Papa!

Hahn. Ihr seid da? Ich denke, Ihr seid mit den drei Herren in den Garten gegangen?

Miranda. Allerdings. Aber die Herren haben so eben Briefe aus der Residenz erhalten, die sie sogleich beantworten müssen. Da haben wir sie so lange allein gelassen.

Hahn (immer nachsinnend). Ach so.

Celia. Papa, ich habe eine Frage an Dich zu richten.

Rosalinde. Ich auch.

Miranda. Ich auch.

Hahn. Ach laßt mich doch jetzt mit Euern Fragen zufrieden; ich habe über etwas Wichtiges nachzudenken.

Rosalinde. Papa, meine Frage betrifft die Literatur.

Celia. Die meine auch.

Miranda. Auch meine.

Hahn. Das ist was anderes. Nun so fragt.

Alle drei Mädchen (zusammen). Papa, was hat Vetter Haltenweg für eine Dichtung geschrieben?

Hahn. Was? Ihr wißt auch schon davon? Woher wißt Ihr?

Miranda. Herr Horrwitz fragte mich danach.

Celia. Mich Herr Bronnhagen.

Rosalinde. Mich Herr Willstädt.

Hahn. Ja so, die.

Die Mädchen. Nun Papa?

Hahn. Kinder, über das was Ihr da fragt, sinne ich schon ein paar Stunden nach. Es scheint wirklich, daß Vetter Haltenweg irgend etwas gedichtet hat, aber was? Das ist die Frage.

Miranda. Vetter Haltenweg ein Dichter? Hahaha!
Die Andern (lachen mit).
Hahn. Schweigt! Laßt das thörichte Lachen — Ihr wißt, welche Verbindlichkeiten ich dem Vetter schulde. — (Geht erregt auf und ab.) Sagt einmal, wißt Ihr nicht, in welcher meiner Kritiken ich letzthin irgend eine Dichtung stark heruntergerissen habe?
Celia. Ach, Papa, Du hast ja schon so viel heruntergerissen —
Rosalinde. Du wirst doch nicht des Vetters Dichtung heruntergerissen haben?
Hahn (ärgerlich). Das weiß ich nicht. Laßt mich in Ruh! Ich muß in den Garten, mich abzukühlen. (Geht, kehrt um.) Sucht doch die Ingeborg auszuforschen; die weiß um ihres Vaters Dichtung. (Schlägt sich vor die Stirn.) Es ist zu dumm! (Geht ab durch die Hauptthüre.)
Miranda. Was sagt Ihr denn dazu? Könnt Ihr Euch den ehrsamen Vetter Haltenweg als Dichter denken?
Celia. Ich wahrhaftig nicht. Er hat ja nur Zahlen im Kopfe.
Rosalinde. Und wenn er einmal Verse gemacht hat, so mögen sie auch danach sein! Hahaha!
Miranda. Vermuthlich Fibelreime, vermischt mit Börsenweisheit, etwa so:
    Die Katze fängt das Mäuschen klein —
    Der Actionär fällt öfters rein!
Celia. Die Lerche singt ihr Liedchen froh —
    Und purzelt nicht am Ultimo!
Rosalinde. Es haschen sich die Kinder —
    Der Staatsanwalt fängt den Gründer!
Alle drei (lachen laut). Hahaha!

6. Auftritt.

Vorige. Johann.

Johann (kommt mit drei kleinen Packetchen in weiß Papier durch den Haupteingang). Da ist etwas für die gnädigen Fräuleins abgegeben worden. (Giebt jeder Dame ein Packet.)

Miranda. Für uns?
Celia. Von wem?
Johann. Das darf ich nicht sagen. (Geht ab.)
Rosalinde. Anonyme Präsente?
Miranda. Gewiß von den drei Herren.
Celia. Ob wir es öffnen?
Rosalinde. Wir müssen doch sehen, was es ist.
Miranda. Meins scheint ein Schmuckkästchen.
Rosalinde. Meins auch.
Celia. Wir wollen sehen!
(Sie öffnen rasch die Packetchen.)
Miranda (enttäuscht). Ein Buch?
Rosalinde (ebenso). Ein Buch!
Celia (ebenso). Ach nur ein Buch!
Miranda (liest den Titel). Sansara und Nirwana!
Rosalinde } (ebenso, zusammen). Sansara und Nirwana!
Celia
Miranda. Ja, was soll denn das bedeuten? (Sie sehen sich verwundert an.)

7. Auftritt.

Vorige. Ingeborg.

Ingeborg (aus ihrem Zimmer). Nun, meine lieben Mühmchen, ich denke, Ihr seid im Garten? Was habt Ihr denn da?
Miranda. O nichts. Ein paar Bücher.
Celia. Die man uns anonym übersendet hat.
Rosalinde. Und noch dazu Jeder dasselbe.
Ingeborg. Was denn für Bücher?
Miranda. Ein Drama.
Celia. Du kennst es schon.
Rosalinde. Es heißt: Sansara und Nirwana.
Ingeborg (leicht und sorglos, aber sehr bestimmt). Ah, die Dichtung meines Papa's!!
Die drei Mädchen (starren sie überrascht an). Was?
Ingeborg (legt erschrocken den Finger auf den Mund). Wie? (Pause.)

Miranda. Du sagtest —

Ingeborg. Was denn?

Celia. Die Dichtung Deines Papa's!

Ingeborg. Warum nicht gar.

Rosalinde. Ja, Du hast es gesagt, Du hast Dich verschnappt.

Celia. Also das ist Vetter Haltenwegs Dichtung?

Miranda. Von ihm ist Sansara und Nirwana?

Ingeborg. Was fällt Euch ein? Ihr habt Euch verhört.

Rosalinde. O nicht doch; Du leugnest es nicht mehr.

Celia. Wir wollen den Vetter selbst darum befragen.

Die Andern. Ja, ja! (Sie wollen fort.)

Ingeborg (stark). Wollt Ihr wohl bleiben! Noch einen Schritt, und es ist für immer aus mit unsrer Freundschaft!

Die Mädchen (eingeschüchtert). Wie?

Ingeborg. Das Drama ist nicht von meinem Papa; aber er interessirt sich sehr dafür.

Celia. Aber Du sagtest doch ganz deutlich —

Ingeborg. Glaubt, was Ihr wollt — meinetwegen, daß es wirklich von meinem Papa — eine Jugend=Arbeit ist, und daß ich mich unbedachterweise verrathen habe.

Rosalinde. Aha!

Ingeborg. Aber Ihr dürft mich doch nicht wieder verrathen? Uebrigens meidet jetzt die Nähe meines Vaters. Er ist sehr böse — —

Miranda. Auf uns?

Ingeborg. Auf Euern Papa. Die Uebersendung der Bücher von Euch soll wohl eine Ironie sein.

Celia. Eine Ironie?

Rosalinde. Aber was hat denn unser Papa dem Vetter gethan, daß er ihm zürnt?

Ingeborg. Was er ihm gethan hat? Da lest einmal die Kritik, die Euer Papa über das Stück meines — über „Sansara und Nirwana" geschrieben hat. (Giebt ihnen das Journal.)

Miranda. Eine Kritik?

Celia. Laßt doch sehen! (Sie lesen alle drei.)

Ingeborg (für sich). Es geht vortrefflich! Welch ein Glück, so kluge Mühmchen zu haben! (Laut.) Nun, was sagt Ihr dazu?

Rosalinde (mit langem Gesicht). O, das ist sehr unangenehm.

Celia. Wenn Papa nur gewußt hätte, von wem das Stück ist —

Miranda. Er hätte es gewiß milder beurtheilt, wenn auch nicht viel daran ist.

Ingeborg. Nicht viel daran? Ich sage Euch, das Drama ist vorzüglich. Aber nach dieser Kritik Eures Papa's wird man es nicht einmal mehr der Prüfung, viel weniger der Aufführung werth halten. — Unsere Freundschaft wird auch dadurch zerstört werden — mein Papa wird sich von dem Eurigen zurückziehen.

Miranda. Du lieber Gott, was machen wir denn?

Celia. Liebe Ingeborg, hilf uns doch!

Rosalinde. Vermittle Du die unangenehme Geschichte.

Ingeborg. Wir wollen sehen, was sich thun läßt. Vor allen Dingen gelobt mir Verschwiegenheit darüber, daß mein Vater der Dichter des Stückes sein soll.

Die drei Mädchen. Wir geloben sie.

Ingeborg. Euerem Papa dürft Ihr Andeutungen machen, aber auch er darf den Dichter nicht nennen. Am allerwenigsten darf mein Vater ahnen, daß Ihr etwas davon wißt.

Die drei Mädchen. Gut, gut!

Ingeborg. Dann aber müßt Ihr Eueren Papa bestimmen, daß er dem geschmähten Drama Genugthuung giebt. Er hat viele Verbindungen, die meisten Zeitungen stehen ihm offen. Er muß die Lärmtrompeten blasen — in wenigen Tagen muß das ganze gebildete Deutschland wissen, daß Sansara und Nirwana die größte Dichtung der neueren Zeit ist.

Die Mädchen. Ja, ja, das ist herrlich!

Ingeborg. So können wir meinen Vater versöhnen — nur so.

Miranda. Prächtig, Dein Papa muß als größter Dichter anerkannt werden.

Celia. Den Schillerpreis muß er bekommen.

Rosalinde. Und ein Monument von Marmor! Ha, wenn ich mir den Vetter als Bildsäule denke! (Sie lacht und klatscht in die Hände.)

Ingeborg. Still jetzt davon! Ich gehe. Bedenkt: Klugheit und — vor allen Dingen — Verschwiegenheit! (Legt bedeutsam den Finger auf den Mund.)

Die drei Mädchen (ebenso). St! St!

Ingeborg (lächelnd). Adieu, meine lieben, klugen Mühmchen! (Ab durch den Haupteingang.)

Miranda. Nun, was sagt Ihr?

Celia. Ich bin ganz starr! Der Vetter wirklich ein Dichter!

Rosalinde. Aber der Papa hat uns Allen eine schöne Suppe eingebrockt.

Miranda. Das ist wahr; wenn der Vetter böse bleibt, dürfen wir am Ende seine Villa nicht mehr besuchen.

Celia. Und an den Geburtstagen und zu Weihnachten wird er uns nichts mehr schenken.

Rosalinde. Und dem Papa wird er kein Geld mehr borgen.

Miranda. Na das ist eine schöne Geschichte. Ah da kommt ja der Papa.

8. Auftritt.

Die Vorigen. Hahn.

Hahn (kommt mit einem Buche von Sansara schnell durch, durch die Hauptthüre). Sagt einmal, Kinder, was bedeutet das? So eben erhalte ich durch den Bedienten ein anonym übersendetes Packetchen, und was ist darin? Das Drama „Sansara und Nirwana".

Rosalinde. Wir drei haben es auch erhalten, Papa! (Sie zeigen die Bücher.)

Hahn (verwundert). Ah! Das Buch scheint ja hier im Hause eine große Rolle zu spielen.

Celia. Und Du hast eine so schlechte Kritik darüber geschrieben, Papa.

Hahn. Allerdings, weil — —

Miranda. Weißt Du, Papa, wer der Verfasser des Drama's ist?

Hahn. Nun?

Die drei Mädchen (zusammen, halblaut, wichtig). Der Vetter Haltenweg!

Hahn. Was? Seid Ihr toll?

Miranda. Ja, dieses Stück ist die bewußte Dichtung des Vetters.

Celia. Eine Jugendarbeit.

Rosalinde. Ingeborg hat es uns selbst anvertraut.

Hahn. Ingeborg selbst?

Miranda. Ja, sie hat sich verschnappt.

Celia. Aber sie sagt, der Vetter sei wegen der Kritik sehr böse auf Dich. Er wolle nichts mehr von uns wissen.

Rosalinde. Und aus Rome hat er uns Allen noch die Bücher geschickt.

Hahn. Ha, nun wird mir alles klar. Dieses überall hier im Hause herumspukende Buch, die Neugier der drei jungen Herren, des Vetters Abknurren, Ingeborgs verfängliche Redensarten von vorhin — ja, ja, es ist wahr, dieses verdammte Drama ist von Haltenweg; oder wenigstens hat er es gekauft und will selbst für den Verfasser gelten — reiche Leute haben solche Schrullen — und ich muß das Unglück haben, das Buch herunterzureißen! Ach, warum habe ich auch das Buch nicht erst gelesen! (Sinkt in einen Stuhl) Ich bin todt!

Die drei Mädchen (fangen an zu weinen). Ach Gott, ach Gott!

Hahn (springt auf). Nun, Ihr thörichten Mädchen, warum weint Ihr denn? Noch läßt sich alles gut machen. Ich spreche selbst sogleich mit dem Vetter.

(Will ab.)

Miranda (ihn zurückhaltend). Um Gottes Willen

nicht! Ingeborg hat uns das strengste Stillschweigen anbefohlen.

Celia. Der Vetter darf nicht wissen, daß wir ihn als Verfasser kennen.

Hahn. Aber —

Rosalinde. Ingeborg meint, Du könntest alles gut machen, wenn Du jetzt das Stück in allen Zeitungen lobtest, und so schnell wie möglich berühmt machtest.

Hahn. Ha, eine prächtige Idee! Ja, das muß mir den Vetter versöhnen, muß ihn zu meinen dankbaren Schuldner machen. (Besinnt sich) Aber ich habe ja doch jene entsetzliche Kritik geschrieben — ich kann doch jetzt nicht das Gegentheil —

Miranda. O doch, Papa. Jene Kritik ist ja nur mit H. unterzeichnet; Du thust, als hätte Jemand Deine Chiffre gemißbraucht.

Hahn. Herrlich, mein kluges Goldkind, herrlich. Ja, zuerst schreibe ich eine Anti-Kritik und reiße jenen H. als einen Ignoranten herunter. Dann kommen Reclamen in sämmtlichen Zeitungen. Kinder! Der Vetter und Niemand darf wissen, daß wir ihn als Verfasser kennen. Alles thue ich aus eigner Anregung. Schweigt also gegen Jedermann, auch gegen die drei Bankier-Söhne.

Die drei Mädchen. Wie?

Miranda (für sich). Oh, Horrwitz hätte ich es so gern anvertraut.

Hahn. Es geschieht alles aus reiner Kunst- und Wahrheitsliebe. Es ist noch zeitig am Tage — morgen früh bringen die Zeitungen schon meine Kritiken, und morgen Mittag spricht die ganze Residenz von nichts als „Sansara und Nirwana". (Eilt durch die Hauptthüre ab.)

Celia (für sich). Wie dumm, daß Bronnhagen das interessante Geheimniß nicht wissen soll.

Rosalinde (für sich). Ah, Willstädt wird die Geschichte verschweigen, wenn ich sie ihm anvertraue.

Miranda. Nun? Wollen wir nicht in den Garten gehen?

Celia. Ich denke. Wir habens den drei Herren versprochen, und sie werden mit ihren Briefen jetzt wohl fertig sein.

Miranda. Hört einmal, Ihr werdet doch das Geheimniß von des Vetters Dichtung nicht ausplaudern?
Rosalinde. Ih bewahre!
Celia. Wo denkst Du hin?
Miranda. Wir müssen schweigen wie das Grab.
Die Andern. Wie das Grab!
(Sie umschlingen sich und hüpfen ab.)

9. Auftritt.

Haltenweg. Heinrich. Ein **Diener** (mit Weinflasche und zwei Gläsern aus dem Speisesaal.

Haltenweg. Um meinen Mittagsschlaf bin ich heute doch gekommen — das beste wird also sein, mein werther Herr Braun, wir trinken hier im kühlen Salon noch ein Gläschen und plaudern ein bischen.

Diener (stellt einen kleinen Tisch, zwei Stühle, ordnet Flasche und Gläser und geht dann ab).

Heinrich. Er hat etwas vor mit mir — diese Freundlichkeit ist zu auffallend.

Haltenweg. Kommen Sie! Setzen Sie sich! So. (Er schenkt ein) Und nun lassen Sie uns anstoßen! Das erste Glas gelte dem großen Lande der Freiheit, des Handels, der Industrie — es lebe Amerika!

Heinrich (für sich). Schon wieder Amerika.

Haltenweg. Ich interessire mich sehr für Amerika, namentlich für New-York.

Heinrich (für sich). Er rückt immer näher auf sein Ziel los.

Haltenweg. Sie sagten mir vorhin, daß Sie mehrere Jahre in New-York gelebt hätten —

Heinrich. Allerdings.

Haltenweg. Und mit den dortigen Verhältnissen sehr bekannt wären.

Heinrich. Freilich.

Haltenweg (einschenkend). Aber trinken wir noch ein Gläschen!

Heinrich. Ihr Wohl, Herr Haltenweg!

Haltenweg. Danke. — Sagen Sie, mein bester Herr Braun, war Ihnen in New-York das Bankhaus Dorningen bekannt?

Heinrich (für sich). Da haben wir's. (Laut) Dorningen? Ich glaube — richtig — ja.

Haltenweg. Dorningen machte bankerott?

Heinrich (unruhig). Ja.

Haltenweg. Er starb?

Heinrich. Ja.

Haltenweg. Seine Frau auch?

Heinrich. Ja.

Haltenweg. Mich interessirt das alles sehr; denn ich bin, ich stand — —

Heinrich. Nun?

Haltenweg (für sich). Unsinn! Nur keine Sentimentalität, das paßt nicht für einen Kaufmann. (Laut) Ich, ich — (lacht auf) hahaha!

Heinrich (für sich). Was hat er denn?

Haltenweg. Ich habe nämlich bei Dorningens Fall auch dreißigtausend Mark verloren.

Heinrich (für sich). Mir bricht der Angstschweiß aus.

Haltenweg. Kurz vor der Krisis übernahm ich noch einen Wechsel, und — (plötzlich stark) Was ist denn aus Dorningen's Sohn geworden?

Heinrich (erschrocken). O Gott!

Haltenweg (erstaunt). Was ist denn?

Heinrich. O, nichts — ich glaubte — die Damen kämen. Wollen wir ihnen entgegen gehn?

Haltenweg (ohne auf ihn zu hören). Dorningens Sohn soll gänzlich verschollen sein. Wahrscheinlich wollte er sich den Verfolgungen der Gläubiger seines Vaters entziehen — (lauernd) hat wohl sein Schäfchen in's Trockne gebracht?

Heinrich (etwas auffahrend). Mein Herr!

Haltenweg. Nun? Was ist?

Heinrich (sich fassend). Entschuldigen Sie, Herr Haltenweg, Ihre Worte enthielten etwas wie eine Anklage gegen den jungen Dorningen, und ich — ich habe ihn sehr genau gekannt.

Haltenweg (eifrig). Sie haben ihn genau gekannt? Aber so trinken wir doch, trinken wir! Und nun erzählen Sie mir von Dorningen.

Heinrich. Der junge Dorningen — ich darf's wohl sagen — er war ein Ehrenmann. Als seine Eltern kurz nach einander gestorben waren, gab er alles, bis auf den letzten Dollar, den Gläubigern seines Vaters; dann ging er in die Welt und nahm sich vor, so lange zu arbeiten, bis er auch die geringen Reste noch bezahlen könne.

Haltenweg (hoch erfreut). Wirklich? That er das? Er lebe! (Trinkt.)

Heinrich. Wie?

Haltenweg. Ich meine, da werde ich auch meine dreißigtausend Mark noch erhalten! Hahaha, ich bin Kaufmann!

Heinrich (für sich). Harte Geldseele!

Haltenweg (heiter und gesprächig). Ich habe schon alles Mögliche gethan, um des jungen Dorningen habhaft zu werden.

Heinrich. Habhaft?

Haltenweg. Es liegt mir alles daran, ihn zu fassen.

Heinrich. Ihn zu fassen?

Haltenweg. Und wenn ich ihn habe, dann soll er im Triumph —

Heinrich. Nun?

Haltenweg (besinnt sich). — Mir meine dreißigtausend Mark bezahlen! Hahaha!

Heinrich (für sich). Entsetzlich!

Haltenweg. Aber nun sagen Sie, da Sie Dorningen so genau gekannt haben, werden Sie vielleicht wissen, was aus ihm geworden ist. Wo ist er jetzt?

Heinrich (nach kurzer Pause, entschieden). Er ist todt.

Haltenweg (springt auf). Was? Todt? Der junge Dorningen auch todt?

Heinrich. Ja. Sie werden ihn wohl nicht mehr fassen können, Herr Haltenweg — er liegt im Meer.

Haltenweg (in den Stuhl sinkend). Im Meer?

Heinrich. Ja. Als er von New-York abreiste, fiel er unterwegs — ich war dabei — über Bord, und —

Haltenweg. Und?

Heinrich. Ein Haifisch, ein großer Haifisch verschlang ihn.

Haltenweg (schaudernd). Ein Haifisch? Brrr!
(Trinkt.)

Heinrich (für sich). So! Nun hole ihn Dir wieder, alte Geldseele!

Haltenweg (ein wenig angetrunken, stützt den Kopf in die Hände, halb für sich). Todt? Er auch todt? Alles todt! Mein Stern wird blaß — der — im großen Bären — er — erbleicht. (Weint leise.)

Heinrich (sieht ihm erstaunt zu). Was ist denn das? Ich glaube gar, er weint. (Mitleidig) Herr Haltenweg, was ist Ihnen denn?

Haltenweg (ohne seine Stellung zu verändern). Wem? Mir?

Heinrich (sehr mitleidig). Mein Gott, Sie weinen ja.

Haltenweg (immer in derselben Stellung fortweinend, grob). Ach, lassen Sie mich in Ruh'! Ich weine um meine dreißigtausend Mark. Ich bin Kaufmann!

Heinrich (aufspringend). Das ist zu arg! Wie kommt dieser Mann zu einer Tochter, wie Ingeborg!

Haltenweg (lehnt sich zurück und schließt die Augen). Es geht Niemanden was an, was ich thue und treibe — Niemanden — verstanden?

Heinrich. Er schläft ein. Gut, so kann ich fort. Nur noch einen kurzen Abschied von Ingeborg. — O, ich will arbeiten, arbeiten wie ein Wahnwitziger, um diesem Manne meines Vaters Schuld bezahlen zu können. Leben Sie wohl, Herr Geldsack! (Schleicht leise ab.)

Haltenweg (mit geschlossnen Augen). Ja. Ich bin Kaufmann, bester Braun. Einmal im Leben war ich auch Dichter — kennen Sie meine Dichtung? (Aufsehend) Ah, er ist fort? Desto besser. Ja, mein Gedicht — (schließt wieder die Augen und spricht vor sich hin:)

    Ach, unser Glück ging schnell zu nichte;
      Doch unser Stern wird nicht vergehn —
      Wir werden — einst in — seinem Lichte —

Uns — — siebenundvierzig und einhundertsechsunbachtzig — — das macht zweihund — — (er schläft ein).

(Man hört vor der Thüre Streit von Horrwitzen's, Bronnhagen's und Willstädt's Stimmen. Nachdem das eine kleine Weile gedauert und sich gesteigert hat, stürzen die Genannten in's Zimmer.)

10. Auftritt.

Haltenweg (schlafend). **Horrwitz. Bronnhagen. Willstädt.**

Horrwitz (zankend). Aber, das nenne ich geradezu unverschämt. Ich muß den Herrn Haltenweg allein sprechen.
Bronnhagen. Ich auch — und zwar auf der Stelle.
Willstädt. Nein, ich — sage ich — ich!!
Die andern Beiden. Herr, das ist — —
Willstädt (bemerkt Haltenweg). Ha, da ist er!
Horrwitz. Er schläft.
Bronnhagen. Es ist Gefahr im Verzuge — ich wecke ihn. (Sie stürzen alle drei auf Haltenweg los.)
Alle Drei. Herr Haltenweg!
Haltenweg (springt mit einem Satz auf und schreit). Zweihundertdreiunddreißig! (Sieht die Drei erstaunt an). Donnerwetter, was giebts denn?
Horrwitz. Herr Haltenweg, Sie haben uns heute eine Aufgabe gestellt —
Bronnhagen. Ihre einzige Dichtung betreffend —
Willstädt. Ich habe sie gelöst.
Horrwitz. Ich kenne Ihre Dichtung.
Bronnhagen. Ich auch!
Willstädt. Ich muß Sie allein sprechen —
Horrwitz. Nein, ich zuerst —
Bronnhagen. Erst ich —
Haltenweg (der sich gesammelt hat, ärgerlich). Sind Sie des Teufels, meine Herren? Meine Dichtung?
Horrwitz. Ich kenne sie — es ist —
Bronnhagen. Sie heißt:
Alle Drei (schreien zusammen). Sansara und Nirwana!!

Haltenweg (starrt sie erstaunt an). Was?

Willstädt. Ich hab's zuerst gewußt; mir gebührt die Hand Ihrer Tochter!

Horrwitz. Nein mir! Herr Haltenweg, Sie sind ein Ehrenmann —

Bronnhagen (ihn umarmend). Erlauben Sie, daß ich Sie als Schwiegerpapa begrüße!

Haltenweg. Halt, halt, meine Herren, ich werde ganz verwirrt! (Zieht sich, die Drei abwehrend, nach seinem Zimmer — links — zurück) Sagen Sie mal, Sie sind doch nicht — — (Deutet auf die Stirn.)

Die Drei (beleidigt). Herr Haltenweg!

Haltenweg (ängstlich). Ruhe, meine guten Herren, Ruhe! (An der Thür seines Zimmers) Wie soll meine Dichtung heißen?

Die Drei. Sansara und Nirwana!

Haltenweg (schreit). Meine Herren, Sie sind verrückt! (Springt in sein Zimmer und schlägt die Thür hinter sich zu.)

Horrwitz. Was?

Bronnhagen. Wie?

Willstädt. Verrückt?

Horrwitz. Ha, er will uns betrügen!

Bronnhagen. Er will sein Wort brechen!

Willstädt. Ich will mein Recht haben!

Horrwitz. Meine Herren, ich bringe alles an die Oeffentlichkeit.

Die Andern. Ich auch!

Horrwitz. Ich schreib's in alle Zeitungen, daß Bankier Haltenweg ein Theaterstück gedichtet hat.

Die Andern. Ich auch!

Horrwitz. Die Welt soll dann zwischen uns entscheiden. Vorwärts denn nach der Residenz! Die Loosung ist:

Alle Drei. Sansara und Nirwana. (Sie stürzen ab.)

Der Vorhang fällt.

Dritter Aufzug.

Derselbe Salon.

1. Auftritt.

Ingeborg (eine Zeitung in der Hand haltend). Das geht alles ganz vortrefflich. Dieser Aufsatz des Doctor Hahn in der heutigen Zeitung über „Sansara und Nirwana" wird die allgemeine Aufmerksamkeit auf das Stück lenken. Mein Heinrich schreitet dem Ruhme zu. — Anderseits scheint es, als solle ich auch meine lästigen Freier bald los werden; denn die drei Herren — die gestern plötzlich nach der Stadt gereist, heut morgen aber wiedergekehrt sind — machen meinem Mühmchen ganz auffallend den Hof. — Wenn ich nur die andern Zeitungen erst lesen könnte! Sicher hat Hahn noch mehr geschrieben. Aber Papa hat die Zeitungen noch — er studirt schon den ganzen Vormittag die Börsen-Nachrichten.

2. Auftritt.

Ingeborg. **Haltenweg** (kommt aufgeregt aus seinem Zimmer, in jeder Hand mehrere zerknitterte Zeitungen haltend).

Haltenweg. Ingeborg, mein Kind — weißt Du, daß man mich um den Verstand bringen will?
Ingeborg. Was ist denn, Papa? Du siehst ja ganz verstört aus!

Haltenweg. Ich — ich — sieh diese Zeitungen — alle diese Blätter sind gefüllt mit Nachrichten über ein neues Theaterstück, und als Dichter dieses Stückes nennt man mich.

Ingeborg (erstaunt). Dich?

Haltenweg. Mich! Mich, den soliden Bankier und Kaufmann als Verfasser einer Comödie! Da, da, lies mal! „Eine neue classische Dichtung von Justinus Haltenweg." Und hier: „Ein unter die Theaterdichter gegangener Börsenkönig." (Lacht wüthend.) Hahaha, es ist zum Verrücktwerden!

Ingeborg (die in die Zeitungen geblickt hat). Ja, wie ist denn das möglich? Papa, ich bin ganz starr!

Haltenweg. Ich auch. Aber ich weiß, von wem der tückische Streich herrührt.

Ingeborg. Nicht von Vetter Hahn, Papa. Dessen Aufsatz nennt keinen Namen.

Haltenweg. Was kümmert mich der Vetter Hahn? Von Deinen drei Freiern, dem Horrwitz, Bronnhagen, Willstädt geht der Schlag aus.

Ingeborg. Wie? Von denen? Ich begreife nicht.

Haltenweg. Gestern Nachmittag stürzen die drei Menschen wie die Tollen auf mich los und schreien: „Sie sind der Dichter von Sansara und Nirwana!" — Sie scheinen nämlich zu glauben, das sei die Dichtung, die zu errathen ich ihnen aufgegeben hatte. Weiß der Teufel, wer ihnen die Idee in den Kopf gesetzt hat.

Ingeborg (für sich). Ah, ich errathe. Meine drei Mühmchen habens an die Herren ausgeplaudert.

Haltenweg. Ich erklärte natürlich die drei Menschen sofort für verrückt. Das ist nun ihre Rache, daß sie mich öffentlich blamiren. Aber auf der Stelle werde ich ihnen meine Meinung schreiben: Aus ist's mit allen Heirathsplänen. Ich — ein Comödienschreiber! Ha!

Ingeborg. Aber, lieber Papa, ärgere Dich doch nicht so. Ist es denn ein so großes Unglück, wenn man Dich für einen Dichter hält?

Haltenweg (blickt sie grimmig an). Was? Mich, den soliden Bankier und Kaufmann?

Ingeborg. Dieses Drama ist wirklich ein hochpoetisches Werk.

Haltenweg. Was geht das mich an?

Ingeborg. Nun sieh' einmal, obgleich das Werk nun schon seit längerer Zeit gedruckt und an die Bühnen versendet ist, hat man es doch gar nicht beachtet, ja sogar verachtet hat man es.

Haltenweg. Nun?

Ingeborg. Da verbreitet sich auf einmal das Gerücht, Du sei'st der Verfasser — und auf einmal stürzt alle Welt über die Dichtung her, staunt sie an, erkennt ihren Werth und rühmt das Werk. Das muß Dir doch sehr schmeichelhaft sein.

Haltenweg. Schmeichelhaft?

Ingeborg. Wenn das Werk nun erst recht berühmt geworden ist, und der wirkliche, jetzt noch anonyme Verfasser tritt ans Licht —— wer hat eigentlich seinen Ruhm gegründet? Kein Anderer als Du!

Haltenweg (ruhiger). Was? Du meinst also, dieser anonyme Dichter benutze nur meinen Namen, um sein Buch berühmt zu machen? Das sei eine kleine List von ihm?

Ingeborg. Von ihm oder von einem seiner Freunde — ja, liebes Papachen.

Haltenweg (sehr ruhig). Hör' mal, Ingeborg, wenn das der Fall ist, dann —

Ingeborg (schmeichelnd). Nun, Papachen?

Haltenweg. Dann — dann reiße ich dem Kerl eigenhändig beide Ohren vom Kopfe! (Eilt wüthend in sein Zimmer.)

Ingeborg (ganz verdutzt). Na, das ist eine schöne Geschichte! Aber das wollte ich ja gar nicht. Doctor Hahn sollte nur die Dichtung berühmt machen; des Verfassers Name sollte verschwiegen bleiben. — Das verdanke ich meinen Mühmchen, die den Herren gegenüber die Liebenswürdigen gespielt und geplaudert haben. Na wartet!

3. Auftritt.

Ingeborg. Miranda, Celia, Rosalinde (durch die Hauptthüre).

Miranda. Ach, da bist Du ja, einziges Mühmchen. Wir müssen Dir etwas anvertrauen.
Ingeborg. Nun was denn?
Celia. Du mußt uns aber Verschwiegenheit geloben!
Rosalinde. Denn es ist noch nicht alles ganz gewiß.
Ingeborg. O ich werde so verschwiegen sein wie Ihr.
Miranda. Denke Dir, ich werde wohl einen Heiraths=antrag erhalten.
Celia. Ich auch.
Rosalinde. Und ich erst recht.
Ingeborg. Was Ihr sagt! Einen Heirathsantrag? Von wem denn?
Miranda. Von Herrn Horrwitz!
Celia. Ich von Herrn Bronnhagen!
Rosalinde. Und ich von Herrn Willstädt!
Miranda. Er macht mir furchtbar den Hof.
Celia. Er liebt mich ganz entsetzlich.
Rosalinde. Er kann nicht leben ohne mich.
Ingeborg (lächelnd). Ich wünsche Euch Glück, meine lieben Mühmchen! — — Aber mir scheint, Eine von Euch wird doch die Rechnung ohne den Wirth machen.
Die drei Mädchen (besorgt). Wie so?
Ingeborg (in die Mitte tretend). Erst eine Frage an Euch. Wer von Euch hat denn das Geheimniß ausge=plaudert, daß mein Vater der Verfasser von Sansara und Nirwana ist?
Die drei Mädchen (schweigen verlegen. Kleine Pause).
Ingeborg. Ich hatte Euch nur erlaubt, Euerem Papa von dem Geheimniß Mittheilung zu machen — keinem Andern. Der Name meines Vaters sollte streng verschwiegen bleiben. Dennoch ist jetzt alles an die große Glocke gehängt worden, und zwar durch Eure drei Herren. Eine von Euch hat also geplaudert.
Miranda. Ich nicht.

Celia. Ich wirklich nicht.

Rosalinde. Ich habe kein Wort verrathen.

Ingeborg. Nun, ereifert Euch nur nicht. Ich bin der, die das Geheimniß ausgeplaudert hat, nicht böse — denn sie hat mir dadurch einen Mann verschafft.

Die drei Mädchen. Einen Mann?

Ingeborg. Ja. Ihr müßt nämlich wissen, daß die Herren Horrwitz, Bronnhagen und Willstädt auf meines Vaters Villa gekommen sind, um sich um meine Hand zu bewerben.

Die drei Mädchen. Was?

Ingeborg. Alle Drei kann ich nun natürlich nicht heirathen.

Miranda. Na, das wäre auch noch schöner!

Celia. Eine hübsche Geschichte, wenn Eine Alle nähme!

Rosalinde. Was bliebe denn da für die Andern?

Ingeborg. Mein Vater hat also den drei Herren die Aufgabe gestellt, daß derjenige mein Mann werden solle, der zuerst heraus bekäme, was mein Vater für ein Schauspiel gedichtet hätte.

Die drei Mädchen (stoßen einen Schrei aus). Ha!

Ingeborg. Die drei Herren kennen jetzt das Geheimniß — jedenfalls durch Eine von Euch — und Derjenige der Herren, der es meinem Vater nun zuerst mittheilt, wird nach der Verabredung mein Mann. — Nun vertragt Euch darum, welche von Euch geplaudert hat; denn die wird wohl — eine alte Jungfer werden. — Adieu, meine lieben Mühmchen! (Ab in ihr Zimmer.)

Miranda (nach einer Pause, kleinlaut). Versteht Ihr das, liebe Schwestern?

Celia. Nicht ganz. Aber so viel weiß ich, Miranda, daß Du zuerst die Geschichte ausgeplaudert hast!

Miranda. Ich? Na, das ist arg. Die Rosalinde hat's zuerst dem Herrn Willstädt geklatscht.

Rosalinde. Was? Ich soll's wieder gewesen sein? Ich habe erst gesprochen, als Bronnhagen alles von Celia wußte.

Celia. Du lügst ja; ich war die Letzte, die geplaudert hat.
Miranda. Nein ich!
Rosalinde. Nein ich!
Celia. Ihr habt zuerst geklatscht!
Alle drei. Nein Ihr! Ich hab's gehört! Ihr! Ihr!

4. Auftritt.

Vorige. Haltenweg.

Haltenweg (rasch aus seinem Zimmer tretend). He, was ist denn hier los?
Die drei Mädchen. Ach der Herr Vetter!
Miranda (weinend). Herr Vetter, ich bin unschuldig an der ganzen Geschichte —
Celia (ebenso). Von mir hat Niemand etwas erfahren.
Rosalinde (ebenso). Und ich habe gewiß nicht geplaudert, Herr Vetter!
Haltenweg. Geplaudert? geplaudert? über was denn geplaudert?
Miranda (kläglich). Ueber die Sansara und Nirwana.
Haltenweg (wüthend). Was? Schon wieder die Sansara und Nirwana? Dieses Satansstück macht mich noch wahnsinnig. (Stampft auf.) Himmel-Donnerwetter!
Die drei Mädchen (flüchten erschreckt in die Ecke). Ach Gott!

5. Auftritt.

Die Vorigen. Hahn.

Hahn (kommt, den Hut in der Hand, athemlos herein). Ach! Ich kann nicht mehr! Vetter, lieber Herr Vetter, ich bringe Neuigkeiten, goldne Neuigkeiten! (Sinkt in einen Stuhl.) Ich komme eben aus der Residenz.
Haltenweg (mürrisch). Na, was giebt's denn nun wieder?

Hahn. Mädchen, geht in den Garten, windet Kränze und Guirlanden. Sagt auch dem Koch, er solle sich auf circa zwanzig Gäste mehr zum Souper vorbereiten. Sie sind doch damit einverstanden, Vetter?

Haltenweg (starrt ihn an). Ja, was giebt's denn?

Hahn. Sie bekommen heute Abend Gesellschaft, viel Gesellschaft — mehrere Theaterdirectoren, dramatische Künstler, einige Recensenten, drei Theateragenten —

Haltenweg (trocknet die Stirne). Allmächtiger!

Hahn. Geht, Mädchen, geht! Ich suche Euch nachher auf.

Die Mädchen (im Abgehen, eine zur andern). Plaudertasche! Klatsche! Selber Klatsche! (Alle drei ab.)

Haltenweg. Aber, Doctor, was bedeuten Ihre Reden? Doch nicht etwa wieder diese verdammte San —

Hahn (springt auf). Vetter! Einziger goldner Vetter! Jetzt sind Sie wahrhaft der Stolz unserer ganzen Familie! Ich war also in der Residenz. Sie können sich denken, wie ich umdrängt wurde. Alles fragte mich aus, forschte, spionirte, wollte erzählen hören von dem neu erstandnen großen Dichter.

Haltenweg (wirft sich in einen Stuhl). Haha, dachte ich's doch!

Hahn. Vetter, Sie müssen sich gleich photographiren lassen — in nachdenklicher Stellung, gestützt auf das Buch von Sansara und Nirwana. — Ich habe mich auch schon verpflichten müssen, Ihre Biographie zu schreiben. — Aber das Wichtigste ist, daß das Stück sofort an unserm Hoftheater angenommen worden ist; bald ist die Aufführung, der Erfolg steht außer Zweifel — der Name Haltenweg — —

Haltenweg (springt auf). Jetzt habe ich's satt. Die beiden Frauenzimmer soll der Teufel holen!

Hahn. Wen?

Haltenweg. Diese Sansara und Nirwana! Sie bringen mich noch in's Narrenhaus, die Gänse!

Hahn. Aber Lieber —

Haltenweg. Mensch, Vetter, Doctor! (Reißt Briefe

aus der Tasche) Da, sehen Sie mal her! Alle diese Briefe hab' ich heute schon bekommen.

Hahn. Briefe? Das Drama betreffend?

Haltenweg. Ja doch, ja! Da empfiehlt sich eine Künstlerin zur Darstellung der Hauptrolle; da fordert ein Claqueur zweihundert Freibillets; da will Einer ein neues Theater bauen und mich dazu anpumpen; da endlich schreibt gar Einer, ich habe seinen Stoff benutzt und droht mir mit Prügeln!

Hahn (etwas pathetisch). Vetter, des Dichters Wege sind dornenvoll!

Haltenweg (wüthend). Ich bin kein Dichter! Ich habe das verdammte Stück nicht geschrieben!

Hahn (pfiffig lächelnd). Still doch, Vetter, wenn man das hörte —

Haltenweg (schreit). Man soll es hören —

Hahn. Pst, pst, Vetter, ich kann mir ja denken, wie alles zusammenhängt. Weiß wohl, daß Sie das nicht geschrieben haben; wollten aber einmal als Dichter glänzen, haben das Stück gekauft — nicht wahr? — Unvorhergesehne, kleine Unannehmlichkeiten ärgern Sie jetzt. Aber das geht vorüber. Mit dem Stücke werden Sie noch ein gutes Geschäft machen, brillante Tantièmen in Aussicht. Aber ich muß fort, muß Vorbereitungen treffen. Vetter, Sie werden sich noch wundern — heut Abend! Ständchen! Feierliche Ansprache! Fackelzug! Hahaha, Fackelzug! Adieu! (Eilt ab.)

Haltenweg (allein. Läuft zornig umher). Ha, so ein Mensch! So ein Dichter! — (Steht still) Es wird sein, wie Ingeborg sagte: Es hat Einer hinterlistigerweise meinen Namen benutzt, um Aufsehen für seine Dichtung zu erringen. Wenn ich nur wüßte, wer der Bube ist; wenn ich den Fuchs nur aus seinem Bau herauslocken könnte! Wie mache ich das? (Setzt sich) Was hat er denn eigentlich für einen Plan? Durch meinen Namen will er natürlich erst sein Stück berühmt machen. Dann, denkt er, werde ich selbstverständlich in allen Zeitungen verkünden, ich sei der berühmte Dichter nicht. Dann endlich wird er mit Pomp hervortreten und sich zu er=

kennen geben. (Springt plötzlich auf) Ha! Eine Idee! wie, wenn ich nun den Glauben, daß ich der Dichter sei, nicht zerstöre? Wenn ich im Gegentheil thue, als wäre ich der Dichter? Wenn ich zu seinem Entsetzen alle Ehren in Empfang nähme, alle Honorare und Tantièmen einsackte? Hahaha! Dann wird er kommen, wird sich enthüllen, wird so toll werden wie ich es jetzt bin! (Entschlossen) Es sei! Von jetzt an geberde ich mich aller Welt gegenüber als Dichter der verdammten Comödie — so lange wenigstens, bis der wirkliche Dichter hervorkriecht, damit ich ihm die Ohren abreißen kann für seine Unverschämtheit!

6. Auftritt.

Haltenweg. Heinrich.

Heinrich (etwas erregt, durch die Hauptthüre eintretend). Guten Tag, verehrter Herr Haltenweg!

Haltenweg. Guten Tag! (Für sich) Na, was will denn der wieder? Glaubt er, er ist alle Tage zum Essen eingeladen?

Heinrich. Ich komme eben aus der Residenz, Herr Haltenweg. Ueberall spricht man von Ihnen und Ihrem angeblichen Werke „Sansara und Nirwana."

Haltenweg (fährt auf): Donnerwetter — — (Für sich) Ja, so, ich will ja den Dichter spielen. Warte, dem mache ich zuerst was weiß.

Heinrich. Meine Freude ist groß, mein verehrter Herr Haltenweg. Aber nun erklären Sie mir, wie das alles gekommen ist?

Haltenweg (nachlässig prahlend). Lieber Gott wie wird's gekommen sein? Uns Dichtern kommt das so von selber.

Heinrich (erstaunt). Uns Dichtern?

Haltenweg. Neulich hatte ich mal Langeweile, da setzte ich mich hin und dichtete das Ding zurecht.

Heinrich (immer erstaunter). Was haben Sie gedichtet?

Haltenweg. Na, die Sansara und Nirwana!

Heinrich. Was?

Haltenweg (großartig). Unter uns gesagt, die Leute machen von dem Dinge zu viel Aufhebens — so einen Quark schreibe ich in drei bis vier Stunden zurecht.

Heinrich (für sich). Bin ich denn bei Sinnen?

Haltenweg. Aber ich werde noch Besseres schreiben. Ich dichte bereits wieder an einem Trauerspiele; es heißt: "Der Fixer und der Jobber." — Wird sehr ergreifend.

Heinrich. Aber höre ich denn recht, Herr Haltenweg? Sie sagen, Sansara und Nirwana sei Ihr Werk?

Haltenweg. Nun natürlich! Von wem soll es denn sonst sein? Es steht ja schon in allen Zeitungen. Mein Triumph ist ungeheuer! Heut Abend erhalte ich einen Fackelzug.

Heinrich. Wegen des Drama's?

Haltenweg. Versteht sich — alles wegen meiner Dichtung. Am Hoftheater wird es auch gegeben, haben mir bereits das Honorar geschickt.

Heinrich. Das Honorar?

Haltenweg. Heut morgen. Vierzigtausend Mark.

Heinrich. Genug des Scherzes, Herr Haltenweg — wohin soll das weiter führen? Ich dächte, es wäre Zeit, daß ich mich nun als den Verfasser des Drama's zu erkennen gebe.

Haltenweg (ihn anstarrend). Was?

Heinrich. Ich erkenne dankbar an, daß ohne das Gerücht, der berühmte Bankier Haltenweg sei der Verfasser, das Stück niemals beachtet worden wäre. Ihnen verdanke ich mein Glück.

Haltenweg (außer sich). Herr! Herr! Sie sind also der — der — der —

Heinrich. Der Verfasser von Sansara und Nirwana. — —

Haltenweg (zuckt mit den Händen nach Heinrichs Ohren, faßt — sich besinnend — seine eignen, für sich, grimmig). Die Ohren darf ich ihm nicht abreißen; aber ich will ihn ärgern. (Laut) Was? Sie wollen auch eine Nirwana geschrieben haben? Lächerlich! Das mag ein schönes Ding sein.

Heinrich. Ich verstehe Sie nicht.

Haltenweg. Wie können Sie sich überhaupt unterstehen, zu sagen, dieses Stück sei von Ihnen? Wenn Sie auch so was zurecht geschmiert haben, dann haben Sie es von mir — (mit imponirendem Blick) — geräubert!!

Heinrich. Aber, mein Herr, Sie behaupten —

Haltenweg. Sansara und Nirwana ist mein Werk! (Grimmig) Verstanden, Sie, Sie — Plagiarius?

Heinrich. Ja, ich fange an, Sie zu verstehen. Sie sind zu weit gegangen, haben sich diesem und jenem gegenüber wirklich für den Dichter ausgegeben. Sie können nun nicht mehr zurück, ohne sich Verlegenheiten zu bereiten. Wohlan, mein Herr, ich überlasse Ihnen meinen Ruhm; ich überlasse Ihnen alle Vortheile — Sie sollen für den Dichter des Drama's gelten. Noch mehr — auch in Zukunft will ich für Sie, unter Ihrem Namen dichten. Aber das alles unter einer Bedingung!

Haltenweg (für sich). Der Mensch ist toll geworden.

Heinrich. Ich überlasse Ihnen meinen Ruhm — geben Sie mir dafür das Glück der Liebe! Geben Sie mir die Hand Ihrer Tochter Ingeborg!

Haltenweg. Was? was?

7. Auftritt.

Vorige. Ingeborg. Zuletzt Johann.

Ingeborg (aus ihrem Zimmer). Mein Gott, was geht hier vor?

Heinrich (sie bei der Hand vorziehend). Ingeborg! Geliebte, da bist Du ja. Ich habe Deinem Vater alles gesagt —

Haltenweg. Ingeborg, mein Kind, laß' Dich von dem Menschen nicht anfassen — er ist toll!

Heinrich. Erkläre Du Deinem Vater —

Haltenweg. Er will Dich heirathen, thut, als wäre er Dein Geliebter!

Ingeborg. Ja, mein Vater, das ist er. Wir lieben uns schon seit lange im Stillen, und jetzt, da durch seine

Dichtung eine ehrenvolle Zukunft vor ihm liegt, jetzt, mein Vater, wirst Du ihm meine Hand nicht verweigern!

Haltenweg. Zu viel! zu viel! (Springt zwischen Beide) Auseinander! Nie, nie, nie gebe ich meine Einwilligung!

Ingeborg. ⎫ Vater!
Heinrich. ⎭ Herr Haltenweg!

Haltenweg. Aus meinem Hause, Sie — Sie —

Ingeborg. Vater!

Haltenweg. Sie — Sie haben sich unterstanden, meinen Namen zu mißbrauchen, um Ihre erbärmliche Comödie in Flor zu bringen —?

Ingeborg. Er ist schuldlos, Papa, ich war es, die — —

Haltenweg (ohne auf sie zu hören). Und Sie wagen es, jetzt um die Hand meiner Tochter anzuhalten? Nie, sage ich!

Heinrich. Mein Herr —

Haltenweg. Ich will nichts hören. Hinaus!

Ingeborg. Vater, ich beschwöre Dich —

Haltenweg. Dich verstoße ich, ungerathnes Kind! Fort, auf Dein Zimmer!

Heinrich. Ich gehe. Leb wohl, Ingeborg!

Ingeborg (auf ihn zu eilend). Verliere den Muth nicht, Heinrich!

Heinrich (schnell und leise). Heut Abend unter der Linde!

Ingeborg (ebenso). Ich komme!

Haltenweg. Auseinander! (Er trennt sie, zeigt gegen Heinrich gewendet, auf den Ausgang) Hinaus!

Heinrich. Sie sollen von mir hören! (Stürzt ab.)

Ingeborg (bittend). Vater!

Haltenweg (zeigt drohend auf ihr Zimmer). Auf Dein Zimmer! Fort!

Ingeborg (weinend ab).

Haltenweg
(steht noch eine kleine Weile, abwechselnd mit der einen Hand auf den Ausgang, mit der andern auf Ingeborgs Zimmer deutend, ohne zu bemerken, daß Beide schon fort sind.)

Johann. (tritt ein und sieht Haltenweg erstaunt zu). Aha! Mein Herr dichtet wieder ein Trauerspiel.

Haltenweg (auffahrend). He? Du, Johann? Was giebt's?

Johann. Herr, unten sind die Theaterdirectoren, welche Sie wegen Ihres berühmten Trauerspiels „Sand= sarre und Nirwanne" zu sprechen wünschen.

Haltenweg (grimmig). Wer ist unten?

Johann. Drei Theaterdirectoren, die —

Haltenweg (ergreift voller Wuth einen Stuhl). Mensch! Esel! Willst Du machen daß Du fortkommst!

(Dringt auf Johann ein.)

Johann (stürzt erschrocken ab). Hülfe! Hülfe!

Haltenweg (schwingt wüthend den Stuhl).

Der Zwischen=Vorhang fällt.

Verwandlung.

Park mit dem Lindenbaum, wie im ersten Aufzug.

8. Auftritt.

Horrwitz. Bronnhagen. Willstädt. (Jeder von ihnen liest einen Brief zu Ende und faltet ihn mit bedenklichem Gesicht wieder zusammen.)

Horrwitz. Nun, meine Herren!

Die Andern. Nun?

Horrwitz. Wollen wir eine Wette machen, daß die drei Briefe, welche uns soeben Haltenwegs Diener brachte, einen ganz gleichen Inhalt haben?

Bronnhagen. Meinen Sie?

Horrwitz. Lassen Sie uns einmal offen und ehrlich sein, meine Besten, und ich will mit gutem Beispiel vor= angehen. Also: Ich werde Ihnen meinen Brief vorlesen, und wenn er mit den Ihrigen den gleichen Inhalt hat, — wollen Sie es dann ehrlich eingestehn?

Willstädt. Es gilt.

Bronnhagen. Einverstanden!

Horrwitz. Wohlan, hören Sie: (Er liest. Die Andern sehen vergleichend in ihre Briefe) „Beehre mich, Ew. Wohlgeboren hiermit ergebenst anzuzeigen, daß, nachdem Sie mich in öffentlichen Blättern als den Verfasser eines Theaterstückes compromittirt haben, ich all' und jede Geschäfts-Verbindung mit Ihnen als abgebrochen betrachte. Justinus Haltenweg." — Stimmt es?

Bronnhagen. Wort für Wort!

Willstädt. Vollständigste Copie!

Horrwitz. Keiner von uns wird also Fräulein Ingeborg heirathen.

Willstädt. Die Eisenbahn wird nicht gebaut.

Bronnhagen. Das Bergwerk nicht gebohrt.

Horrwitz. Die Austern werden nicht gefangen. (Alle Drei lachen) Und nun, meine Herren, da wir keinen Grund mehr haben, uns feindlich gegenüber zu stehen, will ich Ihnen etwas anvertrauen. Ich habe große Lust, die niedliche Miranda Hahn zu heirathen.

Bronnhagen. Ist's möglich? Ich schwärme für die hübsche Celia.

Willstädt. Und ich, meine Herren, will nicht in Abrede stellen, daß ich dem Fräulein Rosalinde wohlgeneigt bin.

Horrwitz. Vortrefflich! So werden wir nicht nur Freunde, sondern sogar Schwäger werden.

Bronnhagen. Halt! So weit sind wir noch nicht. Was wird mein Herr Papa dazu sagen, das ist erst die Frage.

Willstädt. So ist es. Doctor Hahn gehört doch zu der Literatur und Kunst — auch sind seine Töchter ohne Vermögen. Wir aber sind solide Kaufleute, die —

Horrwitz. Meine Herren, Sie sind eingefleischte Philister. Aber ich will Ihren Bedenklichkeiten ein Ende machen. Vernehmen Sie: Diese Heirathen sind für uns zugleich ein glänzendes Geschäft.

Willstädt. Ein Geschäft? Wie so?

Horrwitz. Das ist ganz klar. Wenn wir die drei

Damen heirathen, dann werden wird verschwägert; wir bilden dann gleichsam eine Familie, wir werfen unser Vermögen zusammen, wir treten in Compagnie, und das Haus möchte ich sehen, das glänzender und fester steht als das Haus Willstädt, Bronnhagen und Horrwitz.

Willstädt (überrascht). Alle Wetter, das läßt sich hören!

Bronnhagen. Der Gedanke ist großartig!

Horrwitz. Wir widmen uns dann der Speculation gemeinsam, die uns nach reiflichster Ueberlegung als die beste erscheint. Gilt es?

Bronnhagen (ihn umarmend). Schwager!

Willstädt (ebenso). Campagnon!

Horrwitz. Wohlan, so lassen Sie uns sogleich um die Hand unserer Angebeteten anhalten.

Bronnhagen (nach links sehend). Ah, da kommen die Damen selber.

Willstädt. Wir können das Geschäft gleich abmachen.

9. Auftritt.

Die Vorigen, Miranda, Celia, Rosalinde, (von links umschlungen).

Miranda. Ha, da sind sie!

Celia. Die treulosen Verräther!

Rosalinde. Sie sollen es büßen!

(Die Damen lassen sich los, die Herren eilen zu ihnen.)

Horrwitz. Theure Miranda!

Bronnhagen. Angebetete Celia!

Willstädt. Liebwertheste Rosalinde!

Miranda (sehr kalt). Ah, da sind ja die verehrten Herren.

Celia (kalt). Wir glaubten, Sie wären bei Fräulein Ingeborg.

Rosalinde (kalt). Und brächten bei ihr Ihre Liebenswürdigkeiten an.

Horrwitz. Aber ich verstehe nicht —

Miranda. O, wir wissen jetzt recht wohl, warum Sie gestern so sehr liebenswürdig gegen uns waren.
Celia. Sie wollten von uns dummen Mädchen nur erfahren, welches die Dichtung des Herrn Haltenweg sei.
Rosalinde. Nun, wir haben's Ihnen ja auch verrathen: Sansara und Nirwana.
Miranda. Das zu entdecken, war ja der Preis auf Fräulein Ingeborgs Hand.
Celia. Nun, wer von Ihnen hat denn zuerst das Geheimniß verwerthet?
Rosalinde. Wer wir denn Fräulein Ingeborg heirathen?
Willstädt. ⎱ O weh, es geht schief!
Bronnhagen. ⎰ Wir fallen ab!
Horrwitz. Aber so lassen Sie sich doch erklären, meine Damen —
Miranda. O bitte, gehen Sie doch zu Fräulein Ingeborg!
Celia. Aber Sie werden kein Glück haben; denn Ingeborg liebt einen Andern.
Rosalinde. Ja, den wirklichen Dichter von Sansara und Nirwana. Celia hat an der Thür gehorcht, und alles erlauscht.
Celia. Was? Ich hätte gelauscht? Ihr habt durchs Schlüsselloch gesehen.
Die beiden Andern. Nein, Du!
Celia. Gleichviel, ich will von alledem nichts mehr wissen — ich fahre noch heut Abend nach der Stadt und heirathe meinen Professor.
Bronnhagen. Was? Sie wollen einen Professor heirathen?
Miranda. Und ich einen berühmten Portrait-Maler, dem ich schon öfters gesessen habe.
Horrwitz. Wie?
Rosalinde. Und ich einen Minister.
Willstädt (kleinlaut). Den Handelsminister?
Horrwitz. Aber so hören Sie doch nur, meine Damen, wir lieben ja einzig und allein Sie?
Die drei Mädchen (lachen spöttisch). Hahaha!

Bronnhagen. Wir kamen allerdings hierher, uns um Fräulein Ingeborg zu bewerben.

Willstädt. Aber wir sahen Sie, und wir änderten unsern Prospect.

Horrwitz. Wir schwören, daß wir einzig Sie lieben, und daß wir die Absicht hatten, Ihnen in diesem Augenblick unser Herz und unsre Hand zu Füßen zu legen.

Die drei Mädchen (schnell). Wirklich?

Horrwitz. Aber, da Sie einen berühmten Portrait-Maler heirathen —

Bronnhagen. Einen Professor —

Willstädt. Einen Minister —

Horrwitz. So bleibt uns nichts übrig als zu scheiden. Leben Sie also wohl, meine Damen!

Bronnhagen und Willstädt. Leben Sie wohl!

(Die drei Herren gehen langsam und traurig nach dem Hintergrunde. Die drei Mädchen werfen sich schnell einen verständnißvollen Blick zu, eilen zurück und holen die Herren vor.)

Die drei Mädchen. Dageblieben!

Die drei Herren. Wie?

Miranda. Sie haben also wirklich die Absicht, uns zu heirathen?

Die drei Herren. Ja, ja!

Miranda. Nun denn, Herr Bronnhagen, Celia nimmt Ihre Werbung an.

Celia. Herr Willstädt, Rosalinde giebt Ihnen keinen Korb.

Rosalinde. Miranda wird nicht grausam sein, Herr Horrwitz.

Horrwitz. Aber der berühmte Maler, dem Sie schon öfter gesessen haben?

Miranda. Den lasse ich jetzt sitzen.

Bronnhagen. Und der Professor?

Celia. Der mag bei seinen Büchern bleiben.

Willstädt. Aber der Minister?

Rosalinde. Pah, so ein Minister hat kein sichres Brod.

Horrwitz, Bronnhagen, Willstädt, (vor den Damen niederknieend). Miranda! Celia! Rosalinde!

Horrwitz. In meinem und meiner Freunde Namen, wollen Sie unsere geliebten Gattinnen werden?

Die drei Mädchen. Ja, ja!

Die Herren (aufspringend und die Damen umarmend). Hurrah! Victoria! Welches Glück!

Miranda. Aber unser Papa?

Horrwitz. Wir eilen sogleich zu ihm und bitten um seine Einwilligung.

Rosalinde. Ah, da kommt ja der Papa; aber Vetter Haltenweg ist bei ihm.

Celia. Ach, den wollen wir erst fortlassen; der beißt heut alles.

Horrwitz. Treten wir also einen Augenblick zurück.

(Sie treten Alle rasch in den Hintergrund.)

10. Auftritt.

Die Vorigen. Haltenweg, Hahn (von links).

Hahn. Lieber Herr Vetter, ich bin erstaunt über diese Neuigkeiten.

Haltenweg. Sie wissen nun Alles; nun rathen, helfen Sie!

Hahn. Was die Sache mit dem Drama anbetrifft, so scheint mir das nicht schwierig. Wenn nachher der Fackelzug und die Deputation kommen, so erklären Sie einfach, Sie hätten Ihren Namen nur hergegeben, um dem jungen Dichter emporzuhelfen. Das wird Ihnen noch ganz besondern Ruhm eintragen.

Haltenweg. Gut, das leuchtet mir ein, ist indeß Nebensache. Aber die andere, die wichtige Angelegenheit —

Hahn. Das Verhältniß Ingeborg's zu dem jungen Dichter? Das ist freilich eine schwierige Sache —

(Er sinnt nach.)

Horrwitz. Er scheint nicht fortzugehen; und wir haben nicht viel Zeit zu verlieren.

(Die Paare berathen leise im Hintergrund.)

Haltenweg. Ich werde niemals meine Einwilligung zu dieser Heirath geben.

Hahn. Aber warum hassen Sie den jungen Menschen so sehr? Seines Stückes wegen?

Haltenweg. Nein. Aber er ist ein verlogner Patron. Denken Sie, gestern frage ich ihn nach einem mir theuern Manne — da erzählt er mir mit der größten Frechheit, diesen Mann habe ein Haifisch gefressen. Vorhin nun erhalte ich einen Brief aus Amerika. Der betreffende Mann, den der Haifisch gefressen haben soll, befindet sich gesund und munter in Deutschland, freilich unter anderem, mir unbekannten Namen. Was sagen Sie zu diesem verlognen Menschen, dem Herrn Braun?

Hahn. Das ist allerdings arg. Aber —

Haltenweg. Vetter, ich habe eine Idee. Wenn Sie es fertig brächten, daß dieser Herr Braun, der ja im Uebrigen ein tüchtiger Mensch und hoffnungsvoller Dichter sein mag, eine von Ihren drei Töchtern heirathete?

Hahn. Wie?

Haltenweg. Da käme er Ingeborg aus den Augen, denn für die habe ich schon einen Mann.

Hahn. Einen Mann?

Haltenweg. Ja. Den, welchen der Haifisch gefressen haben soll. Ich gebe derjenigen Ihrer Töchter, welche den Dichter heirathet, eine brillante Aussteuer, und — —

Die drei Mädchen (vorspringend). Papa, Papa!

Hahn. Ihr seid hier? Und so erregt? Was giebt es denn?

Miranda. Papa, ich bin Braut!

Die andern Beiden. Ich auch, ich auch!

Haltenweg. Wie?

Hahn. Mädchen, seid Ihr närrisch? Was soll der Scherz?

Celia. Kein Scherz, Papa. Wir wollen um Deine Einwilligung bitten zu unseren Heirathen.

Rosalinde (zieht Willstädt vor). Hier ist mein Bräutigam!

Miranda und Celia (ihre Herren vorführend). Und hier der meine!

Haltenweg (für sich). Ist's möglich?

Hahn. Wie, meine Herren —

Horrwitz. Ja, verehrter Herr Doctor, drei redliche Männer bitten Sie, uns Ihre Einwilligung zu diesen Heirathen zu geben.

Willstädt. Wir werden fortan nur eine Familie bilden und ein Haus, das Haus: Horrwitz, Bronnhagen und Willstädt.

Bronnhagen. Und das Haus wird floriren, ohne daß wir vorher verrückte Dichtungen zu errathen brauchen.

Haltenweg (mürrisch, für sich). Hol' euch der Kuckuck!

Hahn. Meine Herren, ich bin so überrascht, und — ich wills nur gerade heraussagen — erfreut — (zu Haltenweg, lächelnd.) Sie sehen, Vetter, daß ich unter diesen Umständen keinen Gebrauch von Ihrem freundlichen Anerbieten machen kann — (zu den Andern.) Meine Herren! Meine Kinder! Ich willige von ganzem Herzen in Eure Verbindung.

Die Paare. Lieber Papa! Bester Schwiegervater!

Haltenweg (für sich). Er macht einen bedeutenden Profit. Sie haben zusammen: Erstens, achtmalhunderttausend — (rechnet an den Fingern weiter.)

Hahn (hat leise zu den Andern gesprochen und dabei auf Haltenweg gedeutet). Es ist Pflicht —

Die Mädchen (eilen auf Haltenweg zu). Lieber Herr Vetter!

Haltenweg (halb freundlich, halb ärgerlich). Schon gut, schon gut! Die Herren werden mir wohl erlauben, auch ein wenig für die Aussteuer meiner Bäschen zu sorgen, und ein Gläschen auf Ihrer Hochzeit zu trinken.

Alle. Werther Herr! Lieber Vetter! (Umarmen ihn, schütteln ihm die Hände.)

Hahn. Aber nun, Kinder, wollen wir den Vetter nicht stören; ihm gehen wichtige Dinge im Kopfe herum. Kommt, und erzählt mir, wie das alles so schnell gekommen ist.

Jeder Herr (nimmt seine Dame, durcheinander im Abgehen). Das ist sehr einfach! Das ist so gekommen — Nein, laßt mich erzählen — (Alle links ab.)

(Die Bühne wird während des folgenden Monologs ein wenig dunkler.)

Haltenweg (allein, den Abgehenden nachblickend). Hm! Wie glücklich sie alle sind! — Und mein Kind, meine Ingeborg? Aber es ist meine heiligste Pflicht, mein Wort zu halten. Lischens Geld hat den Grund zu meinem Reichthum gelegt — ihrem Sohn gehört Ingeborg, oder — wenn's nicht anders sein kann — doch die Hälfte meines Vermögens. — (Blickt auf die Linde.) Ladest Du mich ein, alte gute Linde, ein paar Augenblicke unter Deinem Dach zu rasten? Es sei! (Setzt sich auf die Bank.) Es wird Abend. — Die Sterne gehen auf. — Da steht auch der große Bär. Und mein Stern — wie hell der heute funkelt! Lischen! Ob Du wohl dort bist, Lischen?
(Spricht in Gedanken vor sich hin:)
Und bin ich bald nun in der Ferne,
Und Du, mein Alles, bleibst allein —
Dann blick empor zu unserm Sterne,
Und denke mein!
(Lächelnd.)
Wie sie sich wohl den Kopf zerbrochen haben, meine Dichtung herauszubekommen! Haha! Ja, das kennt Niemand auf der Welt als ich — mein einziges Gedicht! — — (Blickt nach rechts.) Was ist denn das? Da schleicht ja Einer. (Steht auf.) Das ist ja — das ist der Herr Braun! Der untersteht sich — — (blickt nach links.) Und da — ha, meine Tochter! Ich errathe — ein Stelldichein! Na wartet!
(Er tritt hinter die Linde.)

11. Auftritt.

Haltenweg. Heinrich. Gleich darauf **Ingeborg.**

Heinrich (schleicht leise von rechts herbei). Wo ist sie? Ach, wenn sie gar nicht kommen könnte? Heute, zum Abschied!

Ingeborg (schnell von links kommend). Heinrich!

Heinrich. Meine Geliebte! Endlich, endlich! Ach, ich komme, um Abschied zu nehmen, auf lange, lange Zeit.

Ingeborg. Ich dachte es. — Aber Muth, Geliebter! Dir winkt eine goldne Zukunft.

Heinrich. Ohne Dich? Nimmermehr. Doch komm, laß uns sitzen zum letzten Male, dort unter der alten, lieben Linde. (Sie gehen zur Bank.)

Ingeborg. Still! Hörtest Du nichts? Mir war, als regte sich Jemand.

Heinrich. Nicht doch. Doch warte, ich will nachsehen. (Er geht um den Baum herum.)

Haltenweg (erscheint mit dem Oberkörper über dem untersten Ast des Baumes).

Ingeborg. Mir ist so ängstlich zu Muthe, als sollte etwas Unerwartetes geschehen.

Heinrich (vorkommend). Es ist nichts. (Zu ihr tretend.) Beruhige Dich, Ingeborg! (Sie setzen sich.)

Ingeborg. Sage, Heinrich, macht es Dich nicht glücklich, daß Dein Drama so schnell die Theilnahme erweckt hat?

Heinrich. Gewiß. — Aber ich begreife noch nicht, wie das alles zugegangen ist. Wie kam der Name Deines Vaters ins Spiel?

Ingeborg. Durch meine Schuld. Ich wollte Doctor Hahn für Dein Werk interessiren, und ließ ihn glauben, mein Vater sei der Verfasser. Es war eine kleine List, um Dir empor zu helfen.

Haltenweg (droht von oben Ingeborg mit der Faust). Warte, Du!

Ingeborg. Leider nahm die Sache weitern Umfang an, als ich selbst gewollt hatte. Der Name meines Vaters sollte nicht öffentlich genannt werden. — Gleichviel, es gelang ja alles, und man ist auf Dein Werk aufmerksam geworden. — Jetzt, mein Heinrich, gehe in die Welt — kämpfe, ringe! Die Erinnerung an mich und unsre Liebe gebe Dir Muth und Kraft!

Heinrich. Und wirst Du mir treu bleiben?

Ingeborg. Ewig! Kann ich nicht die Deine werden, so soll auch kein andrer Mann mich heimführen! Ich schwöre Dir's in dieser bangen Stunde des Abschieds!

Heinrich. Nun denn, so will ich rastlos kämpfen für Dich, Geliebte! Um Dich mir zu erringen!

Ingeborg. Und wenn Du im Kampfe verzagen willst, so glaube: Ich gedenke Deiner.

Heinrich. Wie ich Deiner, immer, immer! (Kniet nieder und umfaßt sie.) Und wenn Du in der Dämmerstunde hinaufblickst zum gestirnten Himmel, dann denke, auch ich schaue empor, und unsre Blicke begegnen sich auf demselben Stern. Sieh dort! Sieh' das Sternbild, welches man den großen Bären nennt, dort der mittelste Stern darin, der kleinste — das sei unser Stern.

Ingeborg (verwundert). Der? Wie kommst Du gerade auf diesen?

Heinrich (wehmüthig). Es war der Stern meiner Mutter.

Ingeborg (leise, fragend). Deiner Mutter?

Heinrich. Oft, wenn ich als Kind in der Dämmerstunde auf ihrem Schooße saß, dann sprach sie: Sieh', mein Kind, das ist mein Stern! Mir hat er kein Glück gebracht; aber er soll Dein guter Stern werden. Und dann, dann weinte sie recht bitterlich.

Haltenweg (starrt mit ernstem, blassem Gesicht herunter).

Ingeborg (sinnend). Seltsam. Sie weinte?

Heinrich. Und einst, an einem solchen Abend, da lehrte mich mein Mütterchen auch jenes kleine Gedicht, jenes wehmüthige, kleine Gedicht —

Ingeborg (leise und gespannt). Ein Gedicht?

Heinrich. O es paßt so recht auf uns, das kleine Lied. Wie war es doch? Ja — höre, meine Ingeborg:
Und bin ich bald nun in der Ferne,
Und Du, mein Alles, bleibst allein —
Dann blick' empor zu unserm Sterne,
Und denke mein!

Haltenweg. Ha! Was — —

Ingeborg (aufspringend). Heinrich — Du —?

Heinrich (ohne auf sie zu hören, aufstehend, fährt fort mit erhobner Stimme).
Ach unser Glück ging schnell zunichte;
Doch unser Stern wird nicht vergehn —
Wir werden einst in seinem Lichte — —

Haltenweg (schreit). „Uns wiedersehn!" Mein Gedicht! mein Gedicht! (Er springt herunter.)

Heinrich. Was ist das?
Ingeborg. Mein Vater!
Heinrich. Guter Gott!
Ingeborg (zitternd vor Freude). Vater, hast Du gehört?
Haltenweg (ist vorgekommen, faßt Heinrich an den Händen). Sie sind Dorningen?
Heinrich. Himmel!
Ingeborg. Er ist es!
Haltenweg (schreit). Sind Sie Dorningen?
Heinrich. Ja, ja, ich bin es. Ihre dreißigtausend Mark werde ich redlich zurückzahlen, wenn ich — —
Haltenweg (stürzt an seine Brust). Mein Sohn! Mein Sohn!
Heinrich. Wie?
Haltenweg. Junge, närrischer Junge! Was machst Du für Streiche! Versteckst Dich! Läßt Dich vom Haifisch fressen! Und ich suche Dich! — Dein ist ja mein halbes Vermögen — Dein meine Ingeborg! Da hast Du sie! Hahaha! Hahaha! (Zwischen Lachen und Weinen.)
Heinrich. Mein Himmel, träume ich denn?
Ingeborg (an Heinrichs Brust). Alles geht natürlich zu — Du sollst alles erfahren! Heinrich!
Haltenweg. Hahaha! Doch noch gefunden, und so gefunden, als Ingeborgs Schatz, unter der Linde! Hahaha! Gute, alte Linde, Linde, Linde Du! Komm her! Hahaha!
(Umarmt den Baum,)
Heinrich (ganz glücklich). O Gott, meine Ingeborg!
(Ganz leise ertönt in der Ferne ein Marsch, der bis zum Schlusse des Stückes dauert.)

12. Auftritt.

Die Vorigen. Hahn. Dicht hinter ihm die drei Brautpaare.

Hahn (eilig). Ach, Vetter, da sind sie, gleich kommen sie. Bereiten Sie sich vor. Sie wollen den Dichter von Sansara und Nirwana begrüßen mit Musik und Fackeln.

Haltenweg. Der Dichter von Sansara und Nirwana? Da steht er — der ist — mein Schwiegersohn!

Alle. Schwiegersohn?

Haltenweg. Ja. Hahaha, der hat die Ingeborg erwischt — denn er, er kennt mein einziges Gedicht!

Hahn (in die Scene sehend). Da kommen sie. Sehen Sie mal, Vetter, den prächtigen Fackelzug!

Haltenweg. Pah, alle Fackeln der Welt glänzen nicht so hell wie mein Stern. (Blickt empor, voller Gemüth.) Dort steht er! Na, Lischen, was sagst Du zu Deinem Jungen? (Er winkt mit dem Schnupftuch hinauf.) Grüß Gott, Lischen! Grüß Gott!

Der Vorhang fällt.

E n d e.